AF217634

Anton Kapfer

Braune Hemden

Gelbe Sterne

Schwarze Spiegel

Grüne Helme

© 2016 Autor: Anton Kapfer

Titelbild: Fotolia

Verlag: tredition GmbH, Hamburg

ISBN
Paperback   978-3-7345-6942-5
Hardcover   978-3-7345-6965-4
e-Book   978-3-7345-6966-1

Printed in Germany

ERINNERN

STATT

VERGESSEN

www.tredition.de

Zum Geleit…

Vor allem in den Gemeinden, in denen eine jüdische Glaubensgemeinschaft lebte, entwickelte die Verfolgung der jüdischen Bevölkerung in den 1930er Jahren eine eigene Dynamik. Die Vorgänge im vorliegenden Buch sind im Kern durch Schriftdokumente sowie durch Aussagen und Beobachtungen von Augenzeugen belegt, die Namenszuordnung und die Handlungsverläufe sind frei gewählt.

Die ehemalige Synagoge im Heimatdorf der handelnden Personen dient nach ihrer vollständigen Restaurierung heute als Haus der Begegnung und Besinnung sowie als historisches Zeugnis für das vierhundertjährige Bestehen einer Landjudengemeinde.

Durch die Erinnerungsarbeit soll den einst entrechteten und verfolgten jüdischen Menschen ihre Würde zurückgegeben werden.

Mit ernster, geradezu feierlich aufgesetzter Miene sitzen der Vater und die beiden Söhne der Familie beim Frühstück. Am Sonntag ist der Tisch üppiger gedeckt als an den Werktagen. Die Wohnküche duftet nach gebratenem Speck und angebräunten Zwiebeln. Am oberen Tischende thront das Familienoberhaupt, Adolf Höllerer. Mit dem gestärkten braunen Hemd, dem schwarzen Schulterriemen und dem schwarz-weiß-roten Schlips mit eingesticktem Hakenkreuz wirkt der Mann wie ein thronender Pascha. Ein exakt gezogener Mittelscheitel teilt die dünner werdende Haarpracht in zwei kongruente spitzwinklige Dreiecke. Der sorgsam gestutzte schwarze Schnurrbart verleiht dem Aussehen des Hausvaters eine verblüffende Ähnlichkeit mit dem an der Wand hängenden Portrait des großen „Führers". Unter dem Tisch lugen zwei blank polierte schwarze Stiefel hervor, in denen jeweils ein braunes Reithosenbein steckt. Schließlich bekleidet er ja das Amt des Ortsgruppenleiters.

Genauso gestriegelt mit einem exakt markierten Seitenscheitel sitzen die beiden Buben, Heinrich und Hermann, vierzehn und sechzehn Jahre alt, in einer exakt sitzenden HJ-Uniform an den Breitseiten der Tafel. Während ihre Mutter ständig zwischen Herd und Tisch hin- und herpendelt, um alle Wünsche der Herren zu erfüllen, ertönt aus dem Volksempfänger die Stimme Adolf Hitlers. Wieder einmal lässt er eine Hetztirade gegen die Juden los, die an allem Übel der Welt schuld seien und dafür einer gerechten Bestrafung zugeführt werden müssten. Schweigend kauen die Männer ihr jeweils mit Butter und Honig sorgsam bestrichenes Brot und lauschen mit leuchtenden Augen andächtig der Stimme aus dem Volksempfänger. Abrupt beendet der „Führer" seine demagogische Hetze mit der Beschwörung des Weltfriedens durch die Vernichtung der jüdischen Rasse. Lautstarke „Heil"-Rufe ertönen und die Übertragung endet mit dem obligatorischen Badenweiler-Marsch. Mit einem lautstarken „Bravo!" beendet der Hausherr das gemeinsame Frühstück, obwohl seine Frau noch gar nicht zum Sitzen kam. „Punkt zehn Uhr ist Abmarsch am Dorfplatz. Ich hoffe, dass Ihr sehr pünktlich da seid. Es geht schließlich um die Vorbildwirkung unserer Familie in Sachen Disziplin und Gehorsam!" wendet er sich in schroffem Befehlston an seine Söhne.

Die letzten Worte spricht er sehr akzentuiert in Anlehnung an sein großes Vorbild, knallt die Hacken zusammen und salutiert mit der rechten erhobenen Hand. Die beiden Jungs tun es ihm gleich und mit einem lautstarken „Heil Hitler!" wird das sonntägliche Morgenritual beendet. Die Hausfrau scheint dieses Gehabe nicht sonderlich zu interessieren, schließlich hat sie ihr Mann in seinem Parteiwahn wie gewöhnlich wieder einmal übersehen. Sie räumt in Ruhe das Geschirr beiseite und dreht das lästige Radio ab. Insgeheim hatte sie schon tags zuvor ihr Sonntagskleid zurecht gelegt, um rasch und unauffällig aus dem Haus entschwinden zu können, wenn die Männer zum Exerzieren außer Haus sind. Denn genau zum gleichen Zeitpunkt wie das Ritual der HJ auf dem Dorfplatz beginnt der Sonntagsgottesdienst in der Pfarrkirche.

Jeden Sonntag trommeln die braunen Antichristen die gesamte männliche Dorfjugend zusammen, um eine Geländeübung abzuhalten oder zur nächst gelegenen Kreisstadt zu marschieren. Mitzumachen bedeutet quasi Pflicht für jeden männlichen Jugendlichen aus dem Dorf. Heute steht eine besondere Übung auf dem Plan. Pünktlich um zehn Uhr formieren sich auf dem Dorfplatz die jungen Braunhemden in Reih' und Glied. Der Anführer macht eine zackige Meldung und brüllt die Worte lautstark an die Adresse des Ortsgruppenleiters. Zu den auf dem angrenzenden Gehweg zur Kirche eilenden Gottesdienstbesuchern, vornehmlich älteren Menschen und Kleinkindern, stellt die braune Marschformation einen befremdenden Kontrast dar. Die „SA- Hymne" „Die Fahne hoch…" klingt unter dem Geläut der Kirchenglocken heiser, kratzig und nicht sehr klangrein.

Mit kritischem Blick führt der Ortsgruppenleiter die heutige Marschformation an. Ziel ist die benachbarte Kreisstadt. Geckenhaft schwenkt er auch öfter seitlich aus, um einen eventuell aus dem Gleichmaß kommenden Schritt lautstark zu korrigieren. Seine beiden Söhne marschieren in der ersten Reihe. Sie sollen den anderen zeigen, dass die Familie des örtlichen Parteiführers, was zumindest die männliche Fraktion betrifft, den Vorgaben des „Führers" mit größtem Eifer folgt. Bei sengender Hitze dürfen die Hitlerjungen zwar ihre Hemdsärmel hochkrempeln, der Kragen jedoch muss geschlossen und die Mütze auf dem Kopf bleiben gemäß dem vom „Führer" ausgegeben Motto „Zäh wie Leder, flink wie Windhunde und hart wie Kruppstahl!"

Auf dem Hauptplatz ihres Marschziels, der drei Kilometer entfernten Kreisstadt, treffen sie auf die Gruppen, die aus den umliegenden Dörfern anmarschiert kommen. Eine Musikkapelle, die die eintreffenden Gruppierungen mit dem „Badenweiler Marsch" begrüßt, intoniert unsauber, doch sehr lautstark, wobei der Trommlergruppe die Bläsermelodie bei weitem übertönt.

„Still gestanden!" brüllt eine hohe Stimme über die versammelte Menschenmenge hinweg und eine Vielzahl genagelter Schuhe ordnet sich nach strenger ritueller Vorgabe in jeweils einer Linie. Der jeweilige Anführer wird aufgerufen, Meldung über seinen Trupp zu machen. Nach dem erlösenden „Rührt euch!" geht ein Raunen durch die Reihen der jungen Menschen, die allerdings unter den strengen Blicken ihrer Truppführer aufmerksam den Worten des auf einer Rednertribüne krakeelenden und gestikulierenden Gauleiters folgen müssen. Mit den gewohnten Phrasen des „Führers" versucht er Eindruck zu schinden, bis vor Heiserkeit die Stimme versagt. Sofort setzt wieder die Musikkapelle ein und intoniert den Marsch „Preußens Gloria". „Still gestanden!" dröhnt es unmittelbar danach wieder aus den Lautsprechern. Mit einem ohrenbetäubenden nachgebrüllten „Heil Hitler!" stehen die Marschkolonnen wieder stramm und singen nach kurzem Vorspiel der Trompeten mehr schreiend als klingend das Horst-Wessel-Lied. Mit der erlösenden Ankündigung „Die Kundgebung ist beendet: Rührt euch!" durch eine sich überschlagende Männerstimme bekommen jetzt die jungen Braunhemden endlich Gelegenheit, sich etwas lockerer geben zu dürfen. An mehreren Stationen werden nun Getränke und kleine Essensrationen ausgegeben. Während die Führungsfunktionäre den Gauleiter „umschleimen", machen es sich die Hitlerjungen gemütlich und erwecken den Eindruck, froh zu sein, dass das anstrengende Ritual zu Ende ist.

Der Weg zurück ins Dorf führt den HJ-Trupp über den Burgberg, wo Napoleon im Jahr 1805 einst die Österreicher besiegt hatte. Trotz der sengenden Hitze lässt der Ortsgruppenleiter den Marschtrupp auf der Anhöhe anhalten. Mit feurigen Worten ermahnt er seine Untergebenen, sich an der Tapferkeit und dem Siegeswillen der Franzosen zu jener Zeit ein Beispiel zu nehmen, wenn Deutschland einst neuen Lebensraum im Osten erobern wird. „Wir werden aber dort nicht scheitern wie einst dieser Dummkopf Napoleon. Wir werden den Russen zeigen, was deutscher Siegeswille vermag!" brüllt er mit sich überschlagender Stimme den fanatisierten Jugendlichen entgegen.

Auf dem Dorfplatz angekommen, werden die Hitlerjungen entlassen mit der Maßgabe, ihren Familienangehörigen von dem Großereignis in der Kreisstadt zu erzählen und immer wieder den absoluten Glauben an den „Führer" in die familiäre Diskussion einzubringen. Mit leuchtenden Augen erzählen Heinrich und Hermann ihrer Mutter von dem tollen Gemeinschaftserlebnis, können aber auf Nachfrage des stolzen Vaters sehr wenig Substantielles über die Ansprache des Gauleiters berichten. Mit hochrotem Gesicht und bebender Stimme schreit er die beiden Buben an mit der rhetorischen Frage, was sie sich überhaupt erlaubten. Wenn ein

Vorgesetzter spreche, habe jeder zuzuhören und dessen Gedanken zu verinnerlichen. „Hausarrest für den Rest des Tages und als Pflichtlektüre zwanzig Seiten des vierten Kapitels von ‚Mein Kampf' und spätere Abfrage!" lautet die häusliche Parole als interne Erziehungsmaßnahme. Jedes Intervenieren der Mutter hilft nichts. „Alle, ob Jung oder Alt, stehen in der bedingungslosen Pflichterfüllung und Hochachtung dem „Führer" gegenüber!" brüllt der Hausvater. Er ist ziemlich genervt, dass gerade in seiner Familie kein absoluter Kadavergehorsam herrscht.

Plötzlich fällt sein Blick auf die Bücherablage in der Wohnstube. Das kirchliche Gesangs- und Gebetbuch, das sogenannte „Laudate", liegt an einem anderen Platz als er es vor einigen Tagen mit dem „Gesicht" nach unten hingelegt hatte. „Warst du heute wieder bei den Pfaffen, die die Botschaft dieses Juden verbreiten? Ich habe dir verboten, in die Kirche zu gehen. Wo kämen wir denn hin, wenn wir nicht diese Frömmler ignorieren würden. Unsere Religion heißt: An den „Führer" glauben und ihm und Deutschland allein zu dienen!" brüllt der Hausvater an die Adresse seiner Frau, „ab sofort hast auch du Hausarrest und wage es nie mehr, mich zu hintergehen und diesen pfaffigen Volksverrätern hinterher zu laufen!" Mit einem lauten Knall wirft er die Türe ins Schloss und stolziert in Richtung Dorfwirtshaus

davon. Dort erwartet ihn bereits eine Gruppe Gleich-
gesinnter. Die Männer hecken soeben einen Plan
aus, wie dem „Judenpack" im Dorf beizukommen
sei.

Der fortschreitende Alkoholkonsum in Form von
reichlich Bier und etlichen Schnäpsen heizt die
Stimmung zusehends an. „Wir überfallen heute
Nacht den Viehhändler Isaak Feigenbaum und ver-
passen ihm eine Tracht Prügel. Dann werden schon
die anderen zu Hause bleiben und nicht mehr die
Atemluft in unserem Dorf verpesten!" brüllt mit her-
austretenden Augen und anschwellenden Stirnadern
ein fanatischer, reichlich alkoholisierter SA-Mann.
Die einsetzenden Hurra-Rufe münden im lautstarken Absingen derber Trinklieder. Zumindest erreicht dadurch die Nazitruppe, dass einige Nicht-
sympathisanten das Wirtshaus nach und nach verlassen.

*

Die Kirchturmuhr vollendet gerade den achten
Glockenschlag, als das abendliche Gebetläuten einsetzt. Isaak Feigenbaum tritt soeben aus dem Haus
seines Freundes Jakob Rosenzweig, der mit
Nutzvieh handelt. Beide haben in den zurückliegen-
den zwei Stunden den Pferdetransport von einem im

Dorf lebenden „christlichen" Bauern zur Bahnstation in die benachbarte Kreisstadt besprochen. Feigenbaum ist ein erfolgreicher Pferdehändler, der auf Grund seiner reellen Geschäfte im Dorf und in den umliegenden Gemeinden sehr geschätzt wird. Er zündet sich eine Zigarre an und zieht genüsslich den Duft, vermischt mit der frischen Abendluft, in die Nase. Plötzlich hält er inne, denn irgendein sonderbares Geräusch dringt aus der Hecke, die das Nachbargrundstück umfriedet. Ein sonderbares Gefühl legt sich ihm schlagartig auf den Magen. Ehe er etwas erkennen kann, stürzen mit lautem Gebrüll vier uniformierte, vermummte Gestalten aus dem Gebüsch, ziehen ihm einen Leinensack über den Kopf und treten mit ihren derben Stiefeln brutal gegen seinen Körper, bis er sich nicht mehr rührt. Sogleich kommen die alarmierten Nachbarn, Juden und Nichtjuden, an die Haustüren und können nur hilflos zusehen, wie die braunen Wüteriche auf die vermummte, wehrlose Gestalt eintreten.

Als einige zivil gekleidete Jugendliche die Judengasse heraufkommen, lassen die Schläger von ihrem Opfer ab und machen sich unter großem Gelächter in Richtung Hauptstraße davon. Sofort rennen einige mutige Nachbarn zum Opfer, befreien es aus der „Zwangsjacke" und müssen zu ihrem Entsetzen feststellen, dass sich Isaak nicht mehr rührt. Noch während dieser Aktion haben einige jüdische Augenzeugen klammheimlich einen jüdischen Arzt verständigt, der sich unmittelbar auf den Weg machte und gerade noch rechtzeitig eintrifft. „Stabile Seitenlage!" ruft der Mediziner noch im Gehen den Umstehenden zu. Nach einigen Wiederbelebungsversuchen kommt plötzlich wieder Leben in den geschundenen Körper. Blut und einige eingeschlagene Zähne ausspuckend beginnt Isaak zu stöhnen und versucht vergeblich aufzustehen. Vier umstehende Männer tragen ihn behutsam unter ärztlicher Anweisung in sein naheliegendes Haus. Die entsetzte Gattin und die die vier Kinder stehen weinend am eilends hergerichteten Krankenbett. Der Arzt verabreicht dem Kranken einige Medikamente und gibt der fürsorglichen Gattin noch ein paar wertvolle Hinweise für die Pflege ihres Gemahls.

*

Am nächsten Tag tritt der Rat der jüdischen Gemeinde zusammen und verfasst ein Protestschreiben an die Adresse des Bürgermeisters. Das Gemeindeoberhaupt, ein glühender Anhänger der „braunen" Lehre, verspricht zum Schein schnelle Aufklärung, gibt aber unmissverständlich zu verstehen, dass eigentlich für die Juden ein nächtliches Ausgangverbot bestehe und er für weitere unangenehme Überraschungen nicht garantieren könne.

Damit ist klar: Kein Jude ist sich künftig mehr seines Lebens sicher. Die „braunen" Schläger haben endgültig das Sagen im Dorf. Dies wird am übernächsten Tag nochmals sehr deutlich, als ein bewaffneter SA-Mann aus dem südlichen Nachbardorf vor dem Spezereiengeschäft der jüdischen Familie Baldauf auf und ab patrouilliert und jedem Kunden den Zutritt verwehrt. Erst auf den Zuruf eines älteren Mannes hin „He, was willst denn Du verkrachte Existenz bei uns im Dorf? Scher' dich am besten wieder heim zu Deiner Xantippe und lass' dir von der den Marsch blasen!" blickt der SA-Wachmann vorsichtig um sich. Da unmittelbar ein größerer Menschenauflauf in der nächsten Umgebung droht, eilt er zu seinem Fahrrad und fährt mit kräftigen Tritten in die Pedale zum Dorf hinaus. Den Ruf „Ich werde wieder kommen!" quittieren die mutigen Zuschauer mit höhnischem Gelächter.

Nach einer Woche erzwungenen Aufenthalts im Krankenbett macht Isaak Feigenbaum wieder erste Gehversuche und kehrt im Lauf einer weiteren Woche so langsam wieder in den Alltag zurück. Sein Gesicht trägt noch deutliche Spuren des nächtlichen Überfalls, zum Gehen stützt er sich auf eine hölzerne Krücke. Noch während der erzwungenen Bettruhe reifte in ihm der feste Entschluss, so schnell wie möglich mit der ganzen Familie die Heimat zu verlassen und nach Palästina auszuwandern. Sein Bruder und dessen Frau, die schon vor vier Jahren, als der braune Spuk begann, Deutschland verlassen und sich in einer kleineren Siedlung in der Nähe von Tel Aviv angesiedelt hatten, könnten ihnen eine wertvolle Hilfe sein und wohl zu einem Neustart verhelfen können.

Den Entschluss in die Tat umzusetzen, entpuppt sich als gar nicht so einfach. Noch ist es möglich, einen sogenannten Auswanderungsantrag zu stellen. Diesem würde auch unmittelbar durch die Kreisbehörde entsprochen, doch die Veräußerung des Eigentums bedeutet, wie in bekannten Fällen beobachtet, eine immense Hürde. Isaak stellt nach vorgegebenem Formblatt den „Ausreiseantrag ins Ausland". Die Genehmigung erfolgt binnen einer Woche mit der Anweisung, die weiteren „Bestimmungen bei der „Ausreise" zu beachten.

Wie gut das braune Netzwerk mittlerweile funktioniert, beweist die Tatsache, dass sofort nach der Ausreisegenehmigung drei „arische" Interessenten bei ihm auftauchen und das Haus sowie den angrenzenden Pferdestall kaufen wollen. Feigenbaum verweist auf den Termin der öffentlichen Versteigerung, der vom Bürgermeister bereits angesetzt ist. Selbstverständlich wollten sich die drei Interessenten „an Gesetz und Ordnung halten", denn sie haben die Gewissheit, dass sie ihr Ziel erreichen werden. Der Trick jeder dieser „Versteigerungen" war bisher, dass sich die Interessenten im Preisgebot jeweils unterboten, so dass die Immobilie schließlich zu einem Spottpreis den Besitzer wechselte.

Dass die drei Bieter diesmal in SA-Uniform auftreten, soll der Verkaufsverhandlung lediglich etwas Nachdruck verleihen. Die gesamte Einrichtung mit dem Mobiliar, den Schmuckgegenständen, dem Geschirr und der gesamten Ausstattung sieht der Käufer im Preis jeweils inbegriffen. Was nicht versteigerungsfähig ist und im Eigentum der bisherigen Besitzerfamilie bleiben darf, regelt die Bestimmung aus dem Jahr 1935. Darunter fallen persönliche Gegenstände wie Toilettenartikel, Kleidung sowie persönliche Dokumente.

Noch am Sonntag der folgenden Woche fährt die gesamte Familie Feigenbaum auf einem Leiterwagen ihres Nachbarn Rosenzweig neben ihrer wenigen Habe sitzend zum Bahnhof der Kreisstadt, um möglichst rasch per Bahn über München nach Hamburg zu kommen, wo in zwei Tagen ein englisches Auswandererschiff für eine Passage nach Palästina vor Anker liegt. Der Bruder Isaaks und dessen Frau, trotz aller Bemühungen kinderlos geblieben, erwarten die Familie des Bruders und Schwagers sehr sehnsüchtig, denn die Kunde von Hitlers Rassenwahn ist auch in der Heimat der „Kinder Israels" bereits in aller Munde.

Die Bahnreise gestaltet sich nicht sehr angenehm, denn in jeder größeren Stadt werden die Insassen des Zuges streng kontrolliert. Vor allem bahnreisende jüdische Staatsbürger müssen nicht selten besondere Schikanen über sich ergehen lassen. In Hannover heißt es wieder einmal: „Sämtliche Juden haben sofort aus dem Zug auszusteigen und sich mit dem ganzen Gepäck am Bahnsteig in einer Reihe aufzustellen. Sie müssen warten, bis deutsche Staatsbürger ihre Plätze eingenommen haben und dürfen erst nach einem Signal aus einer Trillerpfeife wieder einsteigen und die restlichen Plätze belegen! Zuwiderhandlung hat eine sofortige Verhaftung zur Folge. „Welche Schizophrenie des Schicksals! Auch wir sind doch deutsche Staatsbürger", raunt Feigenbaum einem mitreisenden Schicksalsgenossen zu. Apathisch lassen die Rosenzweigs die Demütigungen über sich ergehen. Der einzige Hoffnungsstrahl: die Heimkehr in das „Land der Väter".

Nach einer zweitägigen Bahnfahrt steigen die verängstigten jüdischen Passagiere im Hauptbahnhof Hamburg aus dem Zug. Die Feigenbaums schließen sich dem großen Menschenstrom an, der sich in Richtung Hafen bewegt. Mächtige Ozeandampfer, deren Fracht mit riesigen Kränen entladen wird, liegen vor Anker. Endlich kommt die „Hope" in Sicht, ein gigantisch wirkender englischer Passagierdampfer, der zweitausend Menschen, meist jüdischer oder überhaupt nichtarischer Abstammung, aufnehmen und durch die Meerenge von Gibraltar übers Mittelmeer nach Palästina bringen soll. An Deck herrscht ein Riesengedränge, doch die engen Kojen vermitteln ein Gefühl von Sicherheit, aber auch ungewisser Zukunft. Überhaupt ist die Gefühlslage der gesamten Familie sehr gespalten. Einerseits konnten sie dem Terror und der ständigen Angst entfliehen, andererseits haben sie ihre Heimat, ihre Freunde und auch die persönlich aufgebaute Existenz hinter sich gelassen. Ihr größtes Kapital aber ist die Zuversicht, eine neue angstfreie Zukunft wagen und in Frieden leben zu dürfen. Doch noch steht den Passagieren der „Hope" eine lange Reise bevor. Die deutschen und „feindlichen" U-Boote lauern auf dem Atlantik und im Mittelmeer.

*

Nach Allerheiligen beginnt im Dorf gewöhnlich eine ruhige Zeit. Die Arbeit auf den Feldern ist getan, lediglich die Dreschmaschinen laufen in manchen Scheunen, um die eingelagerten Getreidegarben auszudreschen. Ansonsten treffen sich die Bauern am Vormittag beim Raiffeisen-Lagerhaus zum

„Hoigarta" oder genehmigen sich schon mal „eine Halbe" beim Wirt. Die Bauersfrauen fühlen sich an den häuslichen Herd, die Erziehung der Kinder und die Versorgung des Nutzviehs gebunden. Den Rhythmus des Bauernalltags bestimmen überhaupt die Stall- und Feldarbeit, den Sonntag der meisten Erwachsenen prägen der Kirchgang und die nachmittägliche Christenlehre mit anschließender Andacht. Natürlich gehört der abendliche Besuch des Wirtshauses zum Ritual der männlichen Dorfbewohner. Für die Frauen verbleibt in der Regel als Abwechslung der traditionelle „Hoigarta", ein Besuch bei den Nachbarn oder guten Bekannten.

Der 10. November 1938, ein Donnerstag, bringt ein Ereignis ins Dorf, das die jüdischen und auch nichtjüdischen Bewohner traumatisiert und dessen Spuren sehr nachhaltig wirken.

Gegen elf Uhr fährt ein mit einer Plane überdachter LKW von der benachbarten Kreisstadt kommend auf der Hauptstraße in Richtung Dorfmitte und biegt bei der vorderen Judengasse ab. Unmittelbar vor der Synagoge hält der Fahrer an. Die Heckplane wird zurückgeschlagen, mit einem lauten Knall klappt die hintere Bordwand des Fahrzeugs herunter und zehn uniformierte bewaffnete SA-Männer springen ab. Der Anführer gibt ein kurzes Kommando und sofort schwärmen die Braunhemden aus. Sie verschaffen sich lautstark schreiend Zugang zu Judenhäusern, in denen zu der Zeit noch männliche Juden wohnen. Sie treiben diese Menschen mit vorgehaltener Waffe auf dem Vorplatz der Synagoge zusammen. Verängstigt drängen sich diese aneinander, denn der Umgangston und das Gebaren der SA-Männer lässt großes Unheil erahnen.

Einen älteren Dorfbewohner, der zufällig des Weges kommt, zwingt der Anführer, bei der Familie, deren landwirtschaftliches Anwesen sich direkt gegenüber dem jüdischen Gotteshaus befindet, einen Pickel zu entlehnen. Als der Mann mit dem Gerät aus dem Hof kommt, befiehlt ihm der Kommandierende, das Zugangsportal zur Synagoge aufzubrechen. Mit angstvollen Augen verfolgen die jüdischen Männer, wie sich der hilflose Rentner und die Schergen mit brutaler Gewalt Zugang zu ihrem Gotteshaus verschaffen. Als die beiden Torflügel durch die Wucht der Schläge plötzlich aufspringen, stürmen die SA-Leute unter lautem Krakele in das Innere des sakralen Raumes. Sogleich reißen einige den Baldachin, der sich über der Thoranische erhebt, herunter, zerschlagen mit ihren Gewehrkolben die Uhr an der Ostwand sowie den siebenarmigen Leuchter vor dem Almemor. Ihr besonderes Augenmerk gilt dem Inhalt der Thoranische, den Thorarollen mit den silbernen Thoraschilden. Auch wertvolle Geräte im Gemeindezimmer, im hinteren Westteil des Hauses gelegen, kommen ins Visier der zerstörungswütigen Braunhemden. Ein pockennarbiger SA-Scherge holt die jüdischen Männer ins Innere der Synagoge und herrscht sie in rüdem Ton an, die Gegenstände, die sie bestimmen, hinauszutragen und auf die Pritsche des LKWs zu verladen. Den ältesten Juden, Sigismund Silberstein, zwingen sie, die beiden Thorarollen vorsichtig auf dem LKW zu verstauen. Mit zitternden Händen und unter Tränen trägt der greise Jude die heiligen Schriften aus der Begegnungsstätte der jüdischen Gemeinde und muss zusehen, wie die Schriftrollen auf der Ladefläche des Fahrzeugs mit den anderen Ritualgegenständen achtlos gestapelt werden.

Nach getaner Arbeit treten die SA-Männer zusammen und beratschlagen, wie sie das Gebäude an besten in Brand setzen können. Noch während sie beraten, treten wie Phönix aus der Asche der Bürgermeister, der Ortsgruppenleiter und einige Begleiter auf den Plan und schalten sich in die Beratungen ein. Auf deren Intervention hin sehen die SA-Leute von einer Brandschatzung ab, da sonst die sehr nahe an die Synagogen gebauten Anwesen nichtjüdischer Bürger in höchste Gefahr gekommen wären, gleich mit in Brand zu geraten.

Mit einem lautstarken Befehl herrscht der Kommandierende die verängstigt eng zusammen stehenden jüdischen Männer an, sofort in ihre Häuser zu verschwinden und diese am besten auch nicht mehr zu verlassen. Man werde für das jüdische Pack ohnehin eine endgültige Lösung finden, raunt der Anführer einem nebenstehenden SA-Schergen zu. Die Männer schwingen sich auf die Ladepritsche des Lastkraftwagens, verriegeln die Heckklappe und ziehen die Heckplane herunter. Besorgte Gesichter an den Fensterscheiben der umliegenden Häuser beobachten, wie das Fahrzeug wendet und in Richtung Kreisstadt davonfährt. Allmählich trauen sich die Menschen aus der unmittelbaren Umgebung wieder aus ihren Häusern und sehen die Verwüstungen im jüdischen Versammlungshaus. Ganz schnell und kleinlaut verschwinden die neugierigen „braunen" dörflichen Regimefreunde vom Tatort. Die übrigen Umstehenden zeigen sich von der Brutalität der SA-Schergen unangenehm berührt und fürchten, in diesen Augenblicken Zeugen des Beginns eines Feldzugs geworden zu sein, an deren Ende wohl die Vernichtung von Menschen steht, mit denen man noch vor Kurzem Geschäfte tätigte oder zum Kartenspielen im Wirtshaus zusammensaß. Allmählich macht das Ereignis im ganzen Dorf die Runde, denn hautnah haben dieses zerstörerische Werk nur die unmittelbaren Anwohner erlebt.

Schon am Morgen und den ganzen Tag über vermeldet eine kreischende Stimme aus den Volksempfängern, dass in der vergangenen Nacht eine landesweite erfolgreiche Aktion zur „Bekämpfung der jüdischen Volksfeinde" gelaufen sei und den ganzen Tag über vor allem auf dem breiten Land fortgesetzt werde. Spätestens jetzt dürfte der letzte Jude bemerkt haben, dass diese landesweite Aktion der Auftakt zu einer gezielten Vernichtung des Judentums in Deutschland und Europa war.

*

Pünktlich fährt die „Hope" im Hamburger Hafen ab. Die Schiffssirene bedeutet für die Mitreisenden das Signal zum endgültigen Abschied der so geliebten, aber für immer verlorenen alten Heimat. Mit voller Kraft kämpft sich der schwer beladene Dampfer durch die Elbemündung hinaus auf die offene See und nimmt Kurs auf den Ärmelkanal und den Atlantik. Ständig täuschen deutsche Tiefflieger vor der Einfahrt in den Kanal Angriffe auf das riesige Schiff vor, um zu zeigen, wer Herr über diesen Teil des Weltmeeres ist. Doch selbst die englischen und französischen Atlantikgewässer garantieren keine Sicherheit. Der Besatzung und den Passagieren ist wohlbekannt, dass deutsche U-Boote im Nordatlantik kreuzen und gelegentlich sogar vor der Ostküste der USA auftauchen. Diese Seemanöver signalisieren für das Schiffspersonal und die Menschen an Bord höchste Aufmerksamkeit und das Beachten der strengen Vorschriften, vor allem das Tragen der Schwimmweste. Isaak Feigenbaum achtet akribisch darauf, dass seine Frau und die beiden Söhne alle Vorgaben streng befolgen. Er hat große Mühe, seine Familienmitglieder immer wieder aufzurichten, wenn vor allem die Frau ob der hygienischen Zustände auf dem Schiff und der ungewissen Zukunft in Depressionen zu verfallen droht. Lediglich die beiden Söhne Arthur und David entdecken zusammen mit Gleichaltrigen das schwimmende Gefährt als riesigen Abenteuerspielplatz.

Plötzlich ein furchtbares Gurgeln und Schlingern des riesigen Dampfers. Eine jähe Drehbewegung legt das Schiff bedrohlich zur Seite. Ein wildes panisches Durcheinander unter den Passagieren führt momentan zu chaotischen Verhältnissen. Die plötzliche Angst, dass das Gefährt kentern könnte, erfasst die Menschen an Deck. Die sonore Stimme des Kapitäns aus den großen Lautsprechern ermahnt zu äußerster Disziplin. Die Drohung, bei diesem Chaos nicht mehr für die Sicherheit der Menschen garantieren zu können, lässt langsam wieder Ordnung einkehren. Isaak macht sich sofort auf dem Weg zum Kommandostand, um den Grund für den Maschinenstopp zu erfahren. Von einem wachhabenden Offizier erfährt er, dass eine U-Boot-Warnung eingegangen ist. Der Kapitän glaubte nach deren Eingang, ein Torpedo rase bereits auf den Schiffsrumpf zu und ließ alle Maschinen stoppen, um dem tödlichen Geschoß auszuweichen. Gottseidank entpuppte sich dies aber als riesiger Meeressäuger, der sich wohl bei seinem Beutezug irritiert sah.

Auch wenn sich diese Situation wohl geklärt hat, werden die Passagiere von Tag zu Tag nervöser, da es ja auch noch gilt, heil durch die Meerenge von Gibraltar zu kommen. Auch wenn englische Kriegsschiffe diese Durchfahrtsstraße rund um die Uhr sichern und kontrollieren, ist eine stete Bedrohung aus der Luft gegeben. Immer noch aus der Zeit des Bürgerkriegs in Spanien stationierte deutsche Sturzkampfbomber, in der Militärsprache kurz als „Stukkas" bezeichnet, beherrschen den spanischen Luftraum und auch die „Säulen des Herakles". Mit äußerster Konzentration bereitet der Kapitän die Passage der Meerenge vor. Sämtliche Lichter an Bord sind verdunkelt, es herrscht eisiges Schweigen. Zusammengeduckt und sich fest aneinander klammernd verharren die Menschen an Bord in unterdrückter Angst vor dem Angriff deutscher Tiefflieger oder einem verirrten Torpedo. Was Isaak Rosenzweig und seine Frau Esther als unangenehm empfinden, liegt in einem seltsamen Geräusch in unmittelbaren Nähe ihres Schlafplatzes. Ein junges Pärchen vertreibt sich die Zeit und auch wohl die Angst mit einem sinnlichen Liebesspiel. Plötzlich schrillen die Alarmglocken und schon brausen zwei deutsche Jagdflieger über das Oberdeck hinweg. Ein Schrei aus tausend Kehlen durchdringt die unheimliche Stille. Die Maschinen drehen um und kommen in weitem Bogen wieder zurück direkt auf das Schiff zu. Die Geschütze auf den englischen Kriegsschiffen, die die Durchfahrt der Straße von Gibraltar bewachen, nehmen sofort die Jagdflugzeuge ins Visier ihres Abwehrfeuers. Plötzlich überschlägt sich eine Maschine in der Luft und stürzt kopfüber, eine schwarze Rauchfahne hinter sich herziehend, ins Meer. Auch den zweiten Jäger hat es erwischt. Er schlägt unmittelbar neben dem Schiff aufs Wasser und geht sofort unter. Einer der Piloten schwebt noch am Fallschirm hängend auf das Oberdeck zu. Es gelingt ihm, sicher zu landen. Sofort nehmen ihn zwei Wachoffiziere in ihre Mitte und bringen den verängstigt blickenden „feindlichen" jungen Piloten zum Kommandostand.

Die einsetzende Dunkelheit ermöglicht dem Kapitän, den Transporter sicher durch die Meerenge zu manövrieren. Beim Morgengrauen entdecken die Passagiere das offene Meer, zur Rechten sind im Dunst die Umrisse der afrikanischen Nordküste zu erkennen, und sofort hebt sich die Stimmung der Menschen an Bord.

Eine unverhoffte Begegnung Issak Feigenbaums mit dem Liebespärchen des vergangenen Tages ist ihm zuerst sehr unangenehm, ja fast peinlich. Als ihn aber der junge Mann anspricht, löst sich seine Beklemmung und die beiden entdecken, dass der junge Liebhaber und das Mädchen aus einer Nachbargemeinde seines Heimatdorfes stammen. Die beiden stellen sich als Aaron Leiter und Sarah Gutensohn vor. Gemeinsame Bekannte und das Gespräch über die bedrückende Entwicklung und heraufziehende Gefahr in den Dörfern brechen den Bann. Alle drei beschließen, sich mit den jeweiligen mitgereisten Familienmitgliedern bekannt zu machen und auf jeden Fall auch nach der Ankunft in Tel Aviv zusammen zu bleiben.

Arthur Feigenbaum gesellt sich zu der Runde und meint mit Blick auf die junge Frau: "Hattest du gestern irgendwelche Schmerzen, weil du so unheimlich gestöhnt hast? Geht es dir wieder besser? Meine Mutter ist eine Naturheilkundige und kann dir sicher helfen!" Der junge Mann dreht sich verschämt grinsend zur Seite, die junge Frau errötet. Auch Vater Feigenbaum schaut ziemlich betreten drein. „Danke, dass du mir helfen willst, aber es geht schon wieder", entgegnet die Frau und schmiegt sich ganz eng an ihren Freund. Sie verabschieden sich und vereinbaren, nach der Mittagsversorgung mit ihren Angehörigen hierher auf Deck zurückzukommen.

Bei einem alleinigen Erkundungsstreifzug durch das Schiff begegnet David eines Abends einem Mädchen, das sich an die Reling klammert und mit allen Symptomen der Seekrankheit kämpft. Käsebleich würgt die junge Frau die letzten Mageninhalte heraus. David stellt sich neben sie und fragt besorgt nach ihrem Problem. Erschrocken blickt sie auf. Reste von Erbrochenem hängen noch an ihren Mundwinkeln, Tränen treten aus ihren dunklen Augen. „Mir ist so übel, ich glaube, ich werde die Reise nicht überstehen", meint sie mit weinerlicher verzweifelter Stimme. Instinktiv nimmt sie David in die Arme und redet beruhigend auf sie ein. „Meine Mutter ist Heilkundige und hat ein Mittelchen in ihrer Hausapotheke, das zu hundert Prozent bei Übelkeit auf See hilft. Wir alle nehmen täglich davon und haben bis jetzt die Fahrt heil überstanden." „Das wäre ganz wunderbar, wenn du mir davon etwas besorgen könntest", entgegnet das Mädchen mit aufgerissenen dunklen Augen, „ich heiße Miriam." „Warte hier, in einer halben Stunde bin ich wieder zurück", flüstert ihr David ins Ohr. Mit einem flüchtigen Kuss auf ihre rechte Wange macht er sich sogleich davon und verschwindet im bunten Pulk der Mitreisenden. Verdutzt und überrascht blickt Miriam ihm mit leicht geröteten Wangen nach.

David gelingt es, unbemerkt von seinen Eltern und seinem Bruder, an die zufällig nicht verschlossene Apothekertasche heranzukommen und das Fläschchen mit der wirkungsvollen Medizin in die Finger zu bekommen. Rasch verschwindet das „corpus delicti" in seiner Hosentasche und er macht sich so schnell wie möglich auf den Rückweg. Mit erhöhtem Puls kämpft er sich durch die Menschenmenge an Bord. Miriam kauert an der Schiffswand und umklammert mit ihren Armen die angezogenen Beine. Sofort beginnen ihre Augen zu leuchten, als David mit dem braunen Fläschchen winkt. Sachte träufelt er zehn Tropfen der bitter schmeckenden Medizin auf die herausgestreckte Zunge und bedeutet ihr, zwischendurch zu schlucken. Beim Geschmack der Bitterkeit der Medizin verzieht sie ihre Miene, schluckt jedoch bei jedem zweiten Tropfen tapfer hinunter. Allmählich entspannen sich ihre Gesichtszüge, denn sie verspürt zunehmendes Wohlbehagen und weichende Übelkeit. Es ist ein Bild für Götter, wie die beiden jungen Menschen dicht nebeneinander am Boden sitzen und sich gegenseitig zulächeln. „Danke, lieber David, danke für die Medizin! Bitte komm morgen um dieselbe Zeit wieder hierher", flüstert sie ihm ins Ohr und verschwindet rasch im dichten Gedränge. Noch ehe er ihr nachrufen kann, ist sie im Menschengewirr verschwunden. In einem Hochgefühl von Stolz und innerer Erregung macht er sich auf den Weg zu seiner Familie, die bei seiner Ankunft heftig diskutiert. „Wir sind bestohlen worden!" ruft ihm sein Vater entgegen. „Mutters Apothekertasche wurde aufgebrochen. Eine für uns wichtige Medizin wurde gestohlen!" ergänzt ganz aufgeregt sein Bruder Arthur. Die Mutter schüttelt den Kopf und umklammert die Tasche mit den wertvollen, überlebenswichtigen Inhalten. David liegt das Fläschchen schwer in der Hosentasche. Zurücklegen, wie seine ursprüngliche Absicht ist, kann er es auf keinen Fall. Seine Mutter würde die Tasche nie mehr aus den Augen lassen. Also würde er das kleine Objekt einfach behalten, um seine Miriam wieder zu sehen. Instinktiv hat er es ihr bei der ersten Begegnung nicht einfach geschenkt, denn schließlich bedeutet es ein wertvolles Pfand für ein Wiedersehen.

Am nächsten Tag kehrt er pünktlich an den Ort der ersten Begegnung zurück. Schon von weitem kann er das wehende schwarze Haar von Miriam erkennen. Unangenehm überrascht ist er aber, als er einen jungen Mann an ihrer Seite entdeckt. Als sie schließlich auch seiner gewahr wird, winkt sie mit ihrem Taschentuch und stellt sich auf die Zehenspitzen, um ihn nicht aus den Augen zu verlieren. Mit einem kräftigen Händedruck begrüßen sie sich, ehe sich der junge Mann bemerkbar macht und David auch seine Hand hinhält. „Hallo David, ich bin Miriams älterer Bruder. Ich heiße Joseph. Danke dass du ihr so toll geholfen hast!" David nimmt den Gruß entgegen und zugleich fällt ihm ein Stein vom Herzen, denn kurz vor der Begegnung bemerkte er plötzlich ein Gefühl von Eifersucht in der Magengegend. „Bitte folgt mir beide auf den Fersen!" bemerkt Joseph und eilt zu einer sicheren Nische auf dem Oberdeck. Dort raunt er David und seiner Schwester zu, sich auf den Boden zu setzen. „Lieber David, unsere Familie hat ein ganz großes Problem. Vater und Mutter sind schwer seekrank und können keine Nahrung mehr bei sich behalten. Miriam meint, wenn jemand helfen könne, dann nur du. Wir sind alle sehr verzweifelt und ich habe große Angst, dass unsere Eltern die Reise nicht überleben. Schon seit dem Auslaufen des Schiffes in Hamburg geht es den beiden schlecht. Einen Arzt können wir nicht mehr bezahlen, unsere finanziellen Reserven sind aufgebraucht. Kannst du unserer Familie helfen?"

David steckt ein Kloß im Hals. Mit erstickter Stimme antwortet er prompt: „Natürlich tue ich mein Möglichstes." Eilends zieht er das Fläschchen aus der Hosentasche und übergibt es Joseph. „Da nimm! Maximal zehn Tropfen pro Behandlung! Geh bitte sorgsam damit um, ich werde sehen, was ich noch tun kann!" Joseph fällt ihm um den Hals und lobt seine Wohltat. „Jetzt geh ganz schnell, deine Eltern brauchen Hilfe." Mit einem Jauchzer enteilt Joseph durch die Menge und lässt seine Schwester und den verdutzten David zurück. „Danke, mein Liebster", flüstert sie ihm ins Ohr, „du bist so ein wunderbarer Mensch und: Ich liebe dich!" Mit ihren dunklen Augen schaut sie ihm direkt ins Gesicht. Von sich selbst ganz überrascht entgegnet er ihrem Blick und schon brennen ihre Lippen aufeinander. „David, David, ich liebe dich", flüstert sie immer wieder: „Ich dich auch, meine Allerliebste", entgegnet er ihr in aufwallender Leidenschaft.

„Na, wenn haben wir denn da?" tönt plötzlich eine bekannte Stimme. Verdutzt schauen beide nach oben und David ruft: „He, das geht dich eigentlich gar nichts an. Aber wenn du schon mal da bist: Das ist Miriam, meine Freundin!" Die beiden erheben sich und Arthur stellt sich selbst vor, ehe David noch ein weiteres Wort hervorbringt. „Ich bin Arthur, Davids jüngerer Bruder. Freut mich, dich kennenzulernen. Das hätte ich diesem scheinheiligen Duckmäuser gar nicht zugetraut!" Lachend nimmt er beide in seine kräftigen Arme und meint: „Jetzt haben wir noch eine Verbündete! Ganz toll, das lässt sich ja gut an."

So sehr sich David über die Entdeckung seines Bruders zunächst ärgert, umso mehr empfindet er zunehmend eine gewisse Genugtuung, denn schließlich hat er jetzt einen wichtigen Komplizen, der ihm in seinem geplanten Vorhaben sehr von Nutzen sein kann. „Lieber David, ich muss zu meinen Eltern zurück, du weißt, warum. Bitte komme morgen um dieselbe Zeit wieder, du weißt wo! Ciao David, Ciao Arthur! Shalom!" Mit einem kräftigen Kuss auf den Mund ihres Geliebten entschwindet Miriam im Gewühl der Menschen an Bord.

„Arthur, ich brauche deine Hilfe. Wir müssen Miriams Eltern helfen, sie sind in Lebensgefahr!" Diese Worte des Bruders klingen sehr verzweifelt und Arthur versucht erst gar nicht hinter das Geheimnis zu kommen. Er würde es ohnehin gleich erfahren. „Sie sind schwer seekrank und können keinerlei Nahrung mehr bei sich behalten. Wir müssen an Mutters Apothekertasche herankommen. Der Vorrat an diesbezüglichen Medikamenten ist noch gut bestückt. Wir müssen Miriams Eltern helfen." Beschwörend nimmt David den Bruder am Arm und vergewissert sich dessen positiver Reaktion. „Du weißt, wie Mutter mit Argusaugen die Tasche mit den lebenswichtigen Medikamenten beobachtet und diese sogar beim Schlafen unters Kopfkissen legt."

Ein klug ausgeheckter Plan sieht vor, dass Arthur Mutter am Abend des nächsten Tages ablenken soll, indem er vorgibt, die Eltern von Aaron Leiter auf dem Zwischendeck zu besuchen. Er wisse von Aaron, dass es ihnen nicht gut geht und sie mit ihrem Heilwissen wertvolle Hilfe leisten könne. Sie solle sich die vermeintlichen Patienten einfach mal ansehen. Mit sehr schlechtem Gewissen und zur Eile drängend macht er sich mit seiner Mutter Esther auf den Weg. „Die Apothekertasche lassen wir am besten noch da, sie könnte im Gewühl verlorengehen", bemerkt er sichtlich nervös. Sein Zwiespalt besteht im Täuschen einer lieben Person gegenüber dem Überlebenskampf zweier hilfsbedürftiger Menschen.

Für David ist damit der Weg frei, an die lebenswichtige Medizin zu kommen. Eilends nimmt er zwei braune Fläschchen aus dem Behältnis und kaschiert die Lücke mit der Umsortierung anderer Arzneien, wohl wissend, einen neuen Verdacht auf einen wiederholten Einbruch in Kauf zu nehmen. Noch ehe Arthur und Mutter zurückkehren, ist er mit seiner Beute bereits verschwunden. Miriam erwartet ihn schon sehr ungeduldig und mit verweinten Augen am vereinbarten Ort. David drängt sich ein furchtbarer Gedanke auf. „Mein Vater ist in der letzten Nacht verstorben. Er hatte keine Kraft mehr und ist friedlich eingeschlafen. Mein Bruder hat bereits das Kaddisch gesprochen. Vater wird heute noch auf See vom Oberdeck aus bestattet. Du kennst die Stelle. Ich fühle mich so traurig und allein." David nimmt die geliebte Freundin in die Arme und streichelt über ihren schmalen Rücken. Schluchzend legt sie ihren Kopf an seine Schulter und wird langsam wieder ruhiger. „Ich werde bei der Bestattung da sein. Ich glaube, ich werde deiner Mutter wirksam helfen können und außerdem will ich sie kennenlernen." Noch ehe Miriam eine Antwort gelingt, drückt er ihr die beiden Arzneifläschchen in die Hand, gibt ihr einen festen Kuss auf die Lippen und entschwindet ihren überraschten Blicken.

Gerade noch rechtzeitig kommt David zur besagten Stelle, an der jeweils verstorbene Passagiere dem Meer übergeben werden. In weißes Leinen gehüllt liegt der tote Körper von Miriams Vater auf einer Holzpritsche. Nach dem Segensgebet durch einen vermutlichen Rabbi heben zwei Seeleute die Pritsche an und der tote Körper gleitet ins Wasser. David kommt gerade noch rechtzeitig zu der Zeremonie. Miriams Mutter sitzt kreidebleich weinend auf einem Hocker, gestützt von ihrer Tochter und ihrem Sohn. David, von Miriam längst erkannt, starrt in die Fluten, wo der leblose Körper zunächst einige Zeit an der Oberfläche treibt, dann aber in einer plötzlichen Drehbewegung im Sog der Fluten untergeht.

Nach einer Viertelstunde bedeutet ihm Miriam herzukommen. Sie stellt den jungen Mann als guten Bekannten vor, von dessen Mutter auch die Medizin stamme, die ihr die Teilnahme an der Abschiedszeremonie erst ermöglichte. Miriam flüstert David schnell ins Ohr, in einer Stunde zum verabredeten Ort zu kommen. Sie wolle zuerst die Mutter in ihre Koje zurückbringen und sie medizinisch versorgen.

Mit einiger Verspätung taucht endlich Miriam am vereinbarten Ort auf. David malt sich schon die schlimmsten Befürchtungen aus, da die Verspätung ungewöhnlich ist. „David, wir müssen nach der Ankunft unbedingt Kontakt halten. Ich möchte Dich nicht aus den Augen verlieren. Wir sollten uns bei der Einwandererbehörde unbedingt in der Nähe halten, um mitzubekommen, wohin sie uns schicken! Bitte, bleib in meiner Nähe", fleht sie ihn inständig an. David nimmt sie in den Arm und drückt sie ganz fest an sich. Ganz automatisch sucht ihr Mund den seinen. Allmählich spürt auch sie seinen Körper. Langsam gleiten beide zu Boden und geben sich ihrer Leidenschaft hin. Sie kann ihr Empfinden nur mit Mühe unterdrücken. Auch ihr Liebhaber bleibt letztendlich fast erschöpft neben ihr liegen. Noch immer eng umschlungen versprechen sie sich, möglichst nah zusammen zu bleiben und sich sofort nach der Ankunft bezüglich der neuen Bleibe zu verständigen. Ihre große Hoffnung: Die beiden Brüder würden sie tatkräftig unterstützen.

*

Erst zwei Tage später, also am 12. November, erfahren die Deutschen vom furchtbaren Ausmaß der Pogromnacht. Die Wochenschau im Kino offenbart gerade in den Städten ein schlimmes Bild menschenverachtender Hetze gegen jüdische Geschäftsinhaber oder jüdische Intellektuelle. Die Braunhemden haben ganze Arbeit geleistet. Das KZ Dachau füllt sich auch noch an den Folgetagen mit Menschen jüdischen Glaubens, die diese furchtbare Nacht überlebt haben. Hunderte wurden bei den Plünderungen erschlagen oder brutal misshandelt. Die jüdischen Geschäfte müssen auf offizielle Anordnung hin fortan geschlossen bleiben, jüdische Ärzte dürfen schon seit 1935 nicht mehr praktizieren.

Zwei jüdische Familien mit den Namen Strauß und Neuburger bekommen eines Morgens Ende November des Jahres 1938 gleichzeitig Besuch vom Bürgermeister bzw. vom Ortsgruppenleiter, jeweils in Begleitung zweier uniformierter, mit Knüppeln bewaffneter SA-Männer. Schon in aller Früh pochen die Braunhemden an die Haustüren der benachbarten Familien, verschaffen sich mit Gewalt Zugang in die Häuser und brüllen den verängstigten Menschen ihre Befehle entgegen: "Bis morgen Mittag haben Sie Ihr Haus zu räumen! Das gesamte Inventar muss fein säuberlich aufgelistet werden; dies wird an meistbietende arische Dorfbewohner versteigert. Den Erlös bekommen nach Abzug aller Unkosten selbstverständlich die bisherigen Eigentümer. Auch das Haus wird zu einem festgesetzten Betrag abgelöst, da es für aktive Mitglieder der Partei benötigt wird. Die Ausreise ist bereits genehmigt, die Ausreisepapiere liegen beim Gemeindeamt bereit. Diese sind sofort gegen Entrichtung der üblichen Gebühren abzuholen. Die Abholung erfolgt am Nachmittag des folgenden Tages. Mit einem LKW werden alle Familienmitglieder zum Bahnhof in die Kreisstadt gebracht. Von dort geht der Transport weiter nach München. Alles Weitere erfahrt Ihr dann auf dem Hauptbahnhof der Landeshauptstadt! Den Anordnungen ist sofort Folge zu leisten! Jeglicher Widerstand bzw. jede Zuwiderhandlung wird unmittelbar mit dem Tode durch Erschießen bestraft!"

Mit zotigen Sprüchen verlassen die SA-Leute die beiden Häuser, ordnen sich in der Judengasse zu einer Marschformation und marschieren mit lautem Schritt in Richtung des Hauses des Ortsgruppenleiters.

Bei den Neuburgers und der Familie Strauß leben zu der Zeit drei Generationen unter einem Dach, beide Familien zählen jeweils acht Köpfe. Schon beim ersten Schlag gegen die Haustüre verkriechen sich die Kinder auf dem Dachboden. Die Großeltern der Neuburgers, beide gehbehindert, sitzen kreidebleich in ihren Sesseln in der Küche und klammern sich mit beiden Händen aneinander. Die beiden Alten der Familie Strauß sind noch sehr rüstig, fühlen sich aber total überrumpelt und bringen kein Wort mehr über die Lippen. Die beiden Hausfrauen beginnen zu weinen, lediglich die Hausväter hören mit zusammengekniffenen Lippen und nervösen Augen die lautstarken Anordnungen. „Leider haben wir die Warnungen nicht allzu ernst genommen. Jetzt ist es zu spät, um auszuwandern und die Familie in Sicherheit zu bringen!" bemerkt mit erstickter Stimme Salomon Neuburger gegenüber seiner Frau und seinen verängstigten Eltern, als die Braunhemden das Haus verlassen haben.

Noch in derselben Nacht schleichen die jüngeren Erwachsenen beider Familien im Schutz der Dunkelheit zum Judenfriedhof am Rande des Dorfes, an der Straße zur Kreisstadt gelegen, um sich von ihren verstorbenen Angehörigen zu verabschieden. Die unheimliche Stille inmitten der Gräberreihen wird lediglich von einem Schluchzen und Klagen der Besucher durchbrochen. Ganz leise sprechen die beiden Hausväter das Kaddisch, wohl ahnend, dass dieses bald auch für sie selbst und ihre Familienangehörigen gelten wird und dass dieses vielleicht für ungewisse Zeit wohl auch niemand mehr sprechen wird.

In den Nachmittagsstunden des folgenden Tages bewegt sich ein trauriger Zug zum Dorfplatz. Mit der vorgeschriebenen wenigen Habe ziehen die beiden Familien die Judengasse hinunter, als ob sie wüssten, was sie in den folgenden Wochen erwartet. Neugierig, aber schweigend, verfolgen viele Gesichter hinter den Fensterscheiben den traurigen Zug. Die Frauen schluchzen, ihnen folgen mit verweinten Gesichtern die Kinder, die sich nicht mehr von ihren Schulkameraden verabschieden konnten. Als das rumpelnde Transportfahrzeug, mit einer Plane überdacht, die Heckklappe heruntergelassen, das Dorf verlässt, verspürt mancher Dorfbewohner Scham und Ohnmacht. Der braune Terror bestimmt fortan das gesamte Dorfgeschehen.

*

Die „Hope" kämpft sich mit rauchenden Schornsteinen in Richtung Osten. Trotz der angenehmen Kühle des Tages herrscht gedrückte Stimmung an

Bord. Die Versorgung der tausend Passagiere klappt relativ gut, doch gehen die Wasservorräte langsam zur Neige und auch die hygienischen Verhältnisse muten den Reisenden Einiges zu. So oft es geht, kommen die Familien der Feigenbaums, Leiters und Gutensohns zusammen. Auch Sarahs Großeltern sind mit an Bord. Der Opa war einst erfolgreicher Viehhändler und Isaak Rosenzweig von den Viehmärkten der einstigen Heimatregion her gut bekannt. „Wir könnten uns ja zusammentun und in der neuen Heimat eine Handelsfirma gründen. Mulis und Esel sind wichtige Objekte für die Bewirtschaftung der Plantagen und als Transportmittel sehr gefragt", meint Moses Gutensohn. Sofort hebt sich die Stimmung bei Isaak Feigenbaum, denn was er seit dem persönlichen Exodus am meisten vermisst, ist der Pferdehandel, das Feilschen um einen guten Preis und überhaupt der Umgang mit vielen Menschen sowie den Tieren. „Dieser Plan müsste eigentlich mit einem Glas Wein besiegelt werden, doch ist der Konsum an alkoholischen Getränken an Bord strengstens untersagt", meint der alte Gutensohn. Sie fassen den festen Vorsatz, bei allernächster Gelegenheit den „Bund" zu besiegeln.

Plötzlich schrillen die Alarmglocken, die Schiffssirene gibt einen markerschütternden Heulton von sich, die Passagiere verschwinden so schnell wie irgendwie möglich unter Deck oder kauern sich auf

den Boden. Wie aus dem Nichts tauchen Jagdflugzeuge am Horizont auf und rasen auf den Passagierdampfer zu. Jede Sekunde müssten die Bomben auf
Deck einschlagen und das beschädigte Schiff würde
womöglich der Reise ein frühzeitiges Ende bereiten.
In panischer Angst drängen sich die Menschen aneinander und halten sich fest an den Händen, um ja
den Kontakt zu den nahen Angehörigen nicht zu verlieren. Was aber geschieht? So plötzlich wie die Maschinen gekommen sind, so rasch drehen sie wieder
ab, ziehen eine weite Schleife und brausen ziemlich
nah am Rumpf wieder in Richtung Osten davon. Sofort ertönt die Schiffssirene und gibt Entwarnung.
Rasend schnell macht das Gerücht die Runde, dass
es sich bei den Jägern um englische Spitfires handelte. Feigenbaum tröstet seine Angehörigen und
verweist auf die Qualität der Maschinen. Die Spitfire
gelte als das modernste Jagdflugzeug der Welt und
sei durch ihre Wendigkeit den deutschen und itali-
nischen Jägern weit überlegen. Ganz langsam kommen die Passagiere wieder ans Oberdeck und trauen
ihren Augen kaum, als die Insel Zypern in Sicht
kommt. Die englische Kronkolonie bildet eine wichtige Luftwaffenbasis für die Royal Airforce im gesamten östlichen Mittelmeerraum. An Bord bricht
aus tausend Kehlen ein Jubel aus, denn jetzt ist klar,
dass das Schiff englische Hoheitsgewässer erreicht
hat und auch die Sicherheit vor feindlichen Angrif-

fen aus der Luft durch die englische Luftwaffe gewährleitet ist. Die neue Heimat ist nah. Der Kapitän verkündet über Lautsprecher, dass der Dampfer nun die Hafenstadt Paphos ansteuere, um Treibstoff und Verpflegung aufzunehmen. Wegen einer größeren Reparatur an den Schiffsmotoren werde der Aufenthalt wohl eine Woche in Anspruch nehmen. Jeder Passagier dürfe sich innerhalb der Stadt zu bewegen. Gegen zwanzig Uhr müssten jeweils alle Reisenden wieder an Bord sein. Jeder habe beim Wiederbetreten des Schiffes seine Papiere vorzuzeigen.

Mit dem wunderbaren Gefühl, ein neues Stück an Freiheit wiedergewonnen zu haben, wenn auch nur für einige Tage, treffen sich die Feigenbaums, Gutensohns und Leiters an der Gangway und betreten gemeinsam englischen Boden. Weinend fallen sich die Familienmitglieder in die Arme und atmen nach vielen Tagen die Luft von Freiheit, ohne Angst haben zu müssen, gleich wieder irgendwelchen Schikanen ausgeliefert zu sein. Die frische Meeresluft, die wärmende Sonne, Palmenalleen und das bunte Markttreiben lassen etwas von der Freiheit erahnen, die sie in den nächsten Wochen wohl erwarten werde. Leicht getrübt wird das neu gewonnene Lebensgefühl durch die Ankündigung des Kapitäns, dass ein vermuteter Maschinenschaden größer als angenommen sei und der Aufenthalt sich über einen längeren Zeitraum hinziehen werde. Diese Geduldsprobe wird aber stark gemindert, da es den Reisenden täglich möglich ist, die Stadt zu besuchen und auch Ausflüge in die nähere Umgebung zu unternehmen. Vor allem für die beiden Liebespaare bietet sich reichlich Gelegenheit, sich aus der engen Umklammerung der Schiffsgesellschaft zu befreien und sich der „Kontrolle" ihrer Angehörigen zu entziehen. Wenn die arbeitsfähigen Männer und Frauen auf ihren Streifzügen Gelegenheit finden, sich irgendwo auf Bauernhöfen nützlich zu machen, packen sie kräftig mit an und verdienen sich ein Zubrot, das die tägliche Verpflegung wesentlich erträglicher gestaltet. Auch das Gefühl, als Mensch wieder gebraucht zu werden, trägt zu neuem Selbstwertgefühl bei, das in ihnen in der alten Heimat verweigert wurde. Als Mensch wieder in Würde wahrgenommen zu werden, bringt für die meisten ein völlig neues Lebensgefühl. Auch die einheimischen Inselbewohner zeigen sich über die Besucher erfreut, bringen diese doch etwas Abwechslung in den gewohnten Alltagstrott. Lediglich die Nachrichten aus der alten Heimat wirken deprimierend und alarmierend. Die eskalierende Sudentenkrise deutet auf eine rücksichtslose Eroberungspolitik der deutschen Machthaber und damit Not und Verderben für die in der Heimat verbliebenen Freunde.

*

45

Die Juden im Dorf wirken traumatisiert, wenn sie sich vereinzelt auf die Straße wagen, um sich mit dem täglichen Bedarf zu versorgen. Sehr gute Bekannte gehen ihnen aus dem Weg, die „Braunen" haben ihre Augen überall und lassen diejenigen ihre Macht spüren, die sich nicht hundertprozentig hinter die politischen und gesellschaftlichen Vorgaben stellen. Die jüdischen Bewohner haben am 10. November nicht nur ihre religiöse und soziale Mitte verloren, sie wurden auch ihrer menschlichen Würde und ihrer persönlichen Habe beraubt. Am schlimmsten aber ist die ständige Angst vor neuer Willkür und neuen Repressalien. Längst gehen die Frauen nicht mehr zur Mikwe, um sich den Reinigungsvorschriften nach der monatlichen „Periode" zu unterziehen. Die religiösen Rituale werden jetzt intern zu Hause vollzogen. Noch leben nur mehr sehr wenige Glaubensgenossen im Dorf. Wem es irgendwie möglich war, der ist längst ausgewandert, aber die Alten sind geblieben und vegetieren mehr schlecht als recht in ihren bescheidenen Häusern oder Wohnungen.

Eines Abends – mittlerweile schreibt man das Jahr 1939 – sitzen zwei ältere Ehepaare zusammen, um Sabbat zu feiern. Längst geschieht dies nicht nur mehr nach der strengen rituellen Vorgabe ihrer Religion, längst haben die Alten eine Strategie entwickelt, mit der sie ihr physisches und auch religiöses

Überleben sicher glauben. Der Hausvater spricht den Segensspruch, der Tisch ist festlich gedeckt mit üblichen Ritualgegenständen, die Sabbatkerzen brennen unruhig und aus der Küche duften die Brote. Plötzlich schlagen harte Gegenstände gegen die geschlossenen Fensterläden, zerborstenes Glas klirrt auf den Boden. In der Judengasse macht sich ein HJ-Trupp den üblen Scherz, die verängstigten Menschen zu beschimpfen und zu verhöhnen. Zwei kräftig gebaute Schläger brechen mit einer Eisenstange die Haustüre auf, dringen in den Wohnraum ein und „räumen" mit ihren Schlagstöcken den Tisch ab. Die vier alten Menschen drängen sich in die Zimmerecke und beginnen zu beten. Das herzzerreißende Schluchzen der beiden Frauen lässt die Eindringlinge schließlich ihr Zerstörungswerk abbrechen, da zudem von draußen der Befehl zum Rückzug ertönt: „Antreten! Für heute reicht's! Das dreckige Judenpack wird ohnehin bald verschwinden!" Unter dem Absingen bzw. Abgrölen des Horst-Wessel-Liedes marschiert der HJ-Trupp die Judengasse hinunter in Richtung Hauptstraße zum Wirt. Die Gaststube haben die jungen Schläger in kurzer Zeit für sich allein, denn die wenigen Gäste verlassen fluchtartig das Lokal, als sie schon von weitem die unverkennbaren Stimmen vernehmen. Ärgerlich für die neuen Gäste ist lediglich das fehlende Publikum, das sie mit ihrer politischen Überzeugung durch Anpöbeln gewöhnlich konfrontieren. Widerstand ist da

– und das spüren selbst die vermeintlich hart gesottenen Schläger – der aber ist stumm und stumpf. Die braune Lawine rollt unaufhaltsam. Die ständige Drohung „Wenn du nicht spurst, kommst du nach Dachau!" hängt wie ein Damoklesschwert über der ganzen Region.

Doch die sogenannten „Schwarzen" lassen sich nicht verbiegen. Wenngleich sich ihr oberster Repräsentant, der katholische Pfarrer, vor der Wirklichkeit die Augen schließt und seine Sonntagspredigten ganz kurz, allgemein und phrasenhaft gestaltet, stehen sie zu ihrer Meinung. Doch diese Stimmen der Opposition verstummen schlagartig, als an einem Frühlingsabend der Vorsitzende der örtlichen Viehzuchtgenossenschaft in die Gemeindekanzlei zitiert wird und dort vom Bürgermeister und dem ebenso anwesenden Ortsgruppenleiter zunächst eine gehörige Standpauke erhält. Der schon etwas ältere, untersetzte, aber aufrecht stehende Bauer in seiner blauen Arbeitsschürze und zerschlissenem Arbeitskittel muss eine lautstarke Schimpftirade über sich ergehen lassen, bewegt jedoch keine Miene. Den Versuch, sich zu setzen, kontert der örtliche SA-Führer mit dem harschen Befehl, sofort wieder aufzustehen und gefälligst Haltung anzunehmen. Außerdem missfällt dem braunen Schergen der fehlende Hitlergruß, an dessen Stelle der mutige Mann ein kräftiges und deutliches „Grüß Gott!"

setzt. „Euch wird das Gehabe um Euren Judengott schon noch vergehen. Die germanischen Gottheiten stehen für unsere Ideale. Wotan wird euch alle mit seinem Feuerstrahl hinwegfegen, dass euch Hören und Sehen vergeht", brüstet sich der Ortsgruppenleiter. Der Bürgermeister steht schweigend daneben. Noch ehe der Angeklagte zu seiner persönlichen Verteidigung ansetzen kann, brüllt sein Gegenüber mit sich überschlagender Stimme: „Sofort abführen!" Zwei SA-Männer nehmen den total überraschten alten Mann in ihre Mitte und zerren ihn in die nächste Nebenstraße, wo bereits ein alter überdachter Lastkraftwagen wartet. Mit Gewalt stoßen ihn die Braunhemden auf die Ladepritsche und springen hinterher. Dunkelblauen Rauch ausstoßend startet das Fahrzeug und fährt in Richtung Kreisstadt davon. Am dortigen Bahnhof zerren die beiden Schläger den Verhafteten von der Ladepritsche und stoßen ihn in den wartenden Personenzug, der bereits zur Abfahrt in den nächst gelegenen größeren Bahnhof bereitsteht. Von dort gehen die Züge nach Augsburg in Richtung München. Vom Hauptbahnhof aus fahren ständig Transporte ins Konzentrationslager nach Dachau. Erstmals hat der Vernichtungsterror auch auf einen Nichtjuden im Dorf zugegriffen. Die blanke Angst greift um sich.

*

Die jüdischen Geschwister Emilie, Hedwig, Klara und Nathan Baldauf betreiben in der Hauptstraße des Dorfes ein Spezereiengeschäft, das schon die Eltern von der vorhergehenden Generation übernommen haben. Das Sortiment besteht aus den üblichen Haushaltswaren sowie einem breiten Angebot an koscheren Grundnahrungsmitteln, Waschpulver, wenigen Kosmetikartikeln und auch an Süßigkeiten.

Bis zur Einflussnahme der Hitlertreuen ab 1933 können die Geschwister recht gut von dem Erlös des Kleinwarenladens leben, zumal sich Nathan immer wieder als jüdischer Hilfslehrer und Synagogendiener ein paar Reichsmark dazu verdient. Außerdem stehen Hedwig und Klara in den Diensten zweier wohlhabender jüdischer Familien in der Hauptstraße. Emilie arbeitet nebenbei als Näherin. Die freundliche Bedienung und auch die kompetente Beratung führen relativ viele Käufer in den Laden. Als sich dann die Braunen immer mehr an Einfluss im Dorf verschaffen, wechseln die bisher treuen Kunden die Geschäfte. Die Nürnberger Gesetze bieten auch den dörflichen Schergen die Basis für Willkür und menschenverachtende Praktiken.

Nathan Baldauf, gerade einmal 39 Jahre alt, ledig, ist Mitglied des jüdischen Rates und bis zu diesem 10. November 1938 in der Synagoge sehr engagiert. Er zählt zu den Gemeindemitgliedern, denen es ein Herzensanliegen ist, die klein gewordene Glaubensgemeinschaft zusammenzuhalten. Sehr mutig tritt er auch den SA-Leuten gegenüber auf, wenn gerade wieder einmal einer ihrer Genossen Posten vor dem Geschäft bezogen hat.

Zu Beginn des Jahres 1939, es ist ein kalter Vormittag, berät Nathan gerade eine Hausfrau über verschiedene Möglichkeiten, die Wohnung von lästigen Wanzen zu befreien. Plötzlich schlägt die Ladentüre auf und zwei Männer in schwarzen Ledermänteln und in die Stirn gezogenen breitkrempigen Hüten betreten das Geschäft. Zwei uniformierte SA-Leute beziehen Posten vor der Eingangstür, die beiden „Zivilleute" halten Nathan Baldauf ein Papier vor die Nase, demnach er unverzüglich mitzukommen habe. Es liege eine riesige Anklageliste gegen ihn vor, auch wegen Volksverhetzung. Da er weiß, dass Widerstand sinnlos ist, lässt er sich ohne Gegenwehr abführen. Seiner weinenden Schwester Emilie ruft er noch über die Schulter zu, dies alles sei ein großes Missverständnis und werde sich rasch aufklären. Die unbekannten Männer stoßen ihn auf den Rücksitz einer auf der Straße wartenden schwarzen Limousine und knallen die Türen zu. Das Fahrzeug wendet und entfernt sich in Richtung Kreisstadt.

Da sie seit drei Tagen nichts vom Verbleib ihres Bruders erfahren haben, versuchen die verzweifelten Schwestern über gut Bekannte herauszufinden, wo er denn gelandet ist. Vergeblich – er bleibt wie vom Erdboden verschluckt. Nach zwei Wochen gelingt es Nathan, seinen Schwestern eine Nachricht zukommen zu lassen. Ein Häftling, der an diesem Tag aus dem KZ Dachau entlassen wird, erklärt sich bereit, die schriftliche Nachricht aus dem Lager zu schmuggeln und an die Adresse seiner Angehörigen weiterzugeben. Nathan wurde also ins Konzentrationslager Dachau verschleppt und in den Block für die „Juden" gesteckt. Seiner älteren Schwester lässt er ausrichten, sie solle sich keine Sorge machen, er sei gesund und widerstandsfähig. Er werde versuchen, unbedingt zu überleben, denn nach dem Ende des „tausendjährigen Reiches" müssen überlebende Augenzeugen die Wahrheit verkünden. Dachau sollte für ihn aber nicht Endstation sein. Ein entfernter liegendes Lager wartet auf ihn: Theresienstadt…

*

Ganz allmählich kommt die Silhouette ihres Reiseziels in Sicht. Die riesigen Hafenanlagen signalisieren den Ankommenden das Ende einer sehr langen, zum Teil entbehrungsreichen Reise und auch ein flaues Gefühl im Magen. Einerseits sind sie dem Terror in Deutschland nun endgültig entkommen, andererseits erwartet sie eine ungewisse Zukunft. Dennoch überwiegt bei allen Passagieren die Zuversicht auf ein neues Leben in Würde und Freiheit. Doch ist allen klar: Diese neue Freiheit muss in Verbindung mit dem Aufbau einer neuen Existenz hart erarbeitet werden.

Die von der Meeresseite majestätisch anmutende Stadt verspricht jedenfalls Schutz und Sicherheit sowie die Begegnung mit religiös Gleichgesinnten und die Aussicht mit ihnen dauerhaft im „Land der Väter" zusammenleben dürfen. Mandatsträger über dieses Gebiet sind zwar die Briten, die das Mandat im Jahr 1920 auf der Konferenz von San Remo übertragen bekamen.

Zu den Mandatsbedingungen gehört aber, dass die Protektionsmacht die Verwirklichung der Balfour-Deklaration ermöglichen solle. Darin wurde am 2. November 1917 die „Gründung einer nationalen Heimstätte für das jüdische Volk" versprochen, deren Grenzen jedoch nicht bestimmt sind. Hierin wird die Mandatsmacht aufgefordert, die jüdische Einwanderung zu ermöglichen, die jüdischen Einwanderer geschlossen anzusiedeln und hierfür auch das ehemalige osmanische Staatsland zu verwenden. Es solle dabei aber ausdrücklich dafür Sorge getragen werden, dass die bürgerlichen und die religiösen

Rechte bestehender nichtjüdischer Gemeinschaften in Palästina gewahrt bleiben sollen.

Die Schiffssirene gibt ein lautstarkes Signal, als die „Hope" in den Hafen einfährt. Mit offenen Mündern bestaunen die Ankommenden die arabisch anmutenden Bauten auf der Anhöhe, die sich vom Hafen hinaufziehen. Die mittlerweile befreundeten Familien der Gutensohns, Feigenbaums, und Leiters haben schon in den Tagen zuvor fest vereinbart, zusammen bleiben zu wollen, sich in unmittelbarer Nachbarschaft niederzulassen und sich gegenseitig zu unterstützen.

Beim Verlassen der Gangway hält David Feigenbaum plötzlich inne. Seinen Eltern und dem schmunzelnden Bruder bedeutet er, dass sie schon mal vorgehen und am Pier auf ihn warten sollen. David drängt sich durch den Gegenverkehr wieder zurück auf das Mitteldeck. Seine Blicke suchen ein Mädchengesicht, das ihm in den letzten Wochen sehr vertraut geworden ist: Miriam. Zusammen mit ihrer Mutter und Bruder Joseph steht sie mitten in der Warteschlange, die in Richtung Gangway drängt und ist ganz überrascht. Die Mutter bewegt sich aufrecht, zeigt wieder eine gesunde Gesichtsfarbe und lächelt ihm zu, als sie ihn an der Reling entdeckt. Am liebsten wäre ihm Miriam entgegengelaufen, doch die wartende und schiebende Menschenmasse verhindert ein rasches Vorwärtskommen. Mit einer ausladenden Geste bedeutet er ihr, dass er an der Mole auf sie warten werde. Jetzt ist kluger Rat teuer. Wie kann er seine Liebesbeziehung den Eltern beibringen? Kann er sich auf Arthur verlassen? Da klopft ihm jemand auf die Schulter: „Kopf hoch, wir werden das schon hinkriegen!" Ganz unauffällig hat sich sein Bruder an seine Seite gestellt, in der bangen Sorge, wo er so lange bleibt.

*

Vor Einbruch des Winters 1940 wird im KZ Dachau ein Transport zusammengestellt. Ausgewählt werden junge, noch gesunde und arbeitsfähige Männer, darunter auch Nathan Baldauf. Dieser wurde vor kurzem zum Anführer einer Häftlingsgruppe ernannt. Wegen drohender Überbelegung müssen mehrere hundert jüdische Insassen in ein anderes Lager verlegt werden. Schließlich müssten die Arbeitskräfte gerecht auf andere Lager verteilt werden, heißt die offizielle Version der Lagerverantwortlichen. Nach einem langen Appell bei Eiseskälte auf den großen Platz wird der lange Zug schließlich in Marsch gesetzt. Es geht zum nahe gelegenen Bahnhof, wo ein Transportzug mit geöffneten Waggontüren und eine SS-Einheit mit dem Gewehr im Anschlag und kläffenden Bluthunden auf

die Ankommenden warten. Die einzelnen Marsch-
blöcke werden in die Waggons dirigiert. Die frieren-
den Menschen sind froh, wenigstens ein Dach über
dem Kopf zu haben und die räumliche Enge verspricht zumindest etwas Wärme. Ratternd werden
die Waggontüren zugeschoben, verriegelt und schon
setzt sich nach einem lautstarken Befehlsgebrüll die
fauchende Lokomotive in Bewegung. Eine Fahrt ins
Ungewisse beginnt. Die Ritzen im Bretterverschlag
der Waggonaußenwände verraten zumindest, dass
vom Sonnenstand her die Reise nach Nordosten
geht. Als die Dunkelheit einsetzt, beginnt sich allmählich das Tempo des Zuges zu verringern, bis er
ganz um Stehen kommt. Die Erwartung, dass vielleicht die Türen zurückgeschoben, etwas Wasser o-
der gar Verpflegung hereingereicht werden, entpuppt sich als vergebliche Hoffnung. Auf der Haupt-
strecke rasen Züge durch in Richtung Osten, schwer
beladen mit Kriegsgerät, bewacht von Wehrmachtssoldaten und SS-Einheiten. Nach drei Stunden langen Wartens setzt sich schließlich die Lokomotive
wieder in Bewegung. Nach einer nicht enden wol-
lenden langen Nachtfahrt beginnen beim anbrechen-
den Morgen plötzlich die Bremsen zu kreischen und
ruckartig kommt der Zug zum Stehen. Laute Befehle
werden gebrüllt, Gewehre entsichert von lautstar-
kem Hundegebell begleitet. Die Waggontüren springen auf und sogleich dringt Eiseskälte in die Wag-

gons. Etwas Abstand haltend, wohl wegen des beißenden Geruchs menschlicher Exkremente, stehen in einer Kette bewaffnete SS-Soldaten. Dem Kommando „Sofort aussteigen und in Reih' und Glied antreten!" folgen die entkräfteten und ausgemergelten Gestalten mit größter Mühe. Nathan Baldauf, groß von Gestalt und breit gebaut sowie mit einer Armbinde gekennzeichnet, führt seine Gruppe an. Ein SS-Mann drückt ihm einen Zettel mit der Kennzeichnung des Zellenblocks in die Hand und lässt den Häftlingstrupp losmarschieren. „Unterkunft beziehen und nach fünfzehn Minuten auf dem Appellplatz antreten und zwar pünktlich und vollzählig!" schallt eine unangenehme Stimme aus den Lagerlautsprechern. Durch das große Tor mit der darüber angebrachten Inschrift „Arbeit macht frei" quälen sich die geschundenen Menschen in Richtung der Lagerblöcke. „Bitte nicht schlapp machen, wir müssen durchhalten!" appelliert Nathan Baldauf an seine Kameraden, „wir sind in Theresienstadt in der früheren Tschechei gelandet. Wir haben eine Überlebenschance, wenn wir zusammen bleiben und auch die schwächeren Kameraden ständig aufpäppeln. Zwei von ihnen, total entkräftet, müssen in die Mitte genommen und von jeweils zwei Kumpels gestützt werden.

Ein quälender Zählappell zieht sich über drei Stunden hin, denn immer wieder stimmt die Zahl der abgezählten Insassen mit dem „Lieferschein" nicht überein und die gesamte Prozedur wird wiederholt. Endlich dürfen die Häftlinge nach der quälenden Schinderei in ihre jeweilige Baracke zurück. Die allermeisten fallen auf die harte Pritsche und schlafen sofort ein. Wer die abendliche Essensausgabe verpasst, hat schlechte Überlebenschancen, denn die entkräfteten Körper haben keinerlei Reserven. Die erste Nacht bringt keinerlei unangenehme Überraschung, dafür der nächste Morgen. Nach dem Antreten erfolgt wieder der übliche Zählappell, doch diesmal stimmen die Zahlen auf Anhieb. Die anschließend anberaumte ärztliche Untersuchung selektiert die Arbeitsfähigen von den anderen. Bis auf zwei sehr geschwächte Kameraden gelingt es der Gruppe von Nathan Baldauf, zusammen zu bleiben. Sie werden einem Arbeitskommando zugeteilt, das sofort mit dem entsprechenden Werkzeug und einem einachsigen Transportwagen ausgestattet wird, um zum nahe gelegenen Steinbruch zu marschieren und dort Gesteinsblöcke für die Straßenbefestigung im Lager herauszubrechen, zu zerkleinern und auf den Transporter zu laden, der wiederum von Häftlingen gezogen werden muss. Sehr schnell bekommen die Neuankömmlinge mit, dass Theresienstadt in einigen Bereichen als Vorzeigelager für besondere Gäste ausersehen ist. Also ist hier eine Überlebenschance gegeben, wenn man sich gegenseitig hilft.

Als der Trupp am Montag in der dritten Woche, nachdem sich die meisten schon an einen gewissen Arbeits- und Tagesrhythmus gewöhnt haben, am Abend mit dem beladenen Karren das Lagertor passiert, bemerken die Männer eine gewisse Geschäftigkeit beim Aufsichtspersonal und sogar einen relativ freundlichen Empfang. „Sofort in die Baracken, waschen, Kleidung in Ordnung bringen und in einer Viertelstunde antreten!" befiehlt der SS-Mann, der sie am Tor in Empfang nimmt, „ ich rate euch, dass sich jeder zusammenreißt und jedem Befehl unmittelbar Folge leistet!"

Zwar hungrig und müde, aber irgendwie neugierig folgen die Männer dem Befehl des Kommandierenden und richten sich nach Reih' und Glied aus. Plötzlich rollt vom Lagertor her eine Wagenkolonne auf die angetretenen Häftlinge zu und stoppt vor dem Haus des Lagerkommandanten. Dieser geht schon seit einer halben Stunde unruhig vor seinem Bau auf und ab. Jetzt schlägt er die Hacken zusammen und brüllt lauthals, dass es im ganzen Lager zu hören ist, seinen Willkommensgruß: „Heil Hitler, Herr Reichsmarschall! Eintausendvierhundert Insassen und hundert Mann Besatzung angetreten!" Dem zweiten Wagen entsteigt in exakt sitzender SS-Uniform ein schmächtiger dunkelhaariger Mann mit schwarzem Oberlippenbart, wie ihn der „Führer" zu tragen pflegt. Hinter einer Nickelbrille funkeln kalte

Augen. Sofort steigen auch die Begleiter aus ihren Fahrzeugen und formieren sich hinter dem „Chef", um die Formation der Lagerinsassen abzuschreiten. Mit prüfendem Blick, doch in gehörigem Abstand, nimmt der Reichsführer SS, Heinrich Himmler, die „Parade" ab. Mit prüfendem Blick schaut er in die ausgemergelten Gesichter und hält sich zwischendurch immer wieder ein weißes Tuch vor die Nase. Offenbar ist er von dem Geruch der nicht gewaschenen und übelriechenden Menschen etwas unangenehm berührt. Die Wagenkolonne folgt in geringem Abstand. Noch vor Erreichen der letzten Gruppe winkt ein Adjutant den Wagen des Reichsführers heran. Dieser reicht dem Lagerkommandanten die Hand, hebt den Arm zum Hitlergruß, steigt ein und heißt dem Fahrer schnellstens loszufahren. Die gesamte Eskorte eilt hinterher. Sofort herrscht wieder ein rauer Ton. „Essen fassen und dann sofort zurück in die Baracken!" brüllen die Kommandeure und ziehen sich zurück in den Bunker des Lagerchefs. „Die übliche Alkoholorgie!" bemerkt der Nachbar von Nathan Baldauf. Dieser hebt nur kurz die Schultern, um anzudeuten, dass sie dann wenigsten für diese Nacht ihre Ruhe haben werden.

*

Mit fragenden Blicken schauen die am Fuß der Gangway Wartenden zum Schiffszugang empor und sind umso mehr verwundert, wer sich da die lange Treppe herunterbemüht. Mit hochrotem Kopf stellt David den Eltern seine Begleiter vor: „Hallo Mam, hallo Paps, das ist Miriam, die auf dem Schiff kennengelernt habe, das ist ihr Bruder Joseph und hier ihre Mutter Hedwig. Ich habe sie eingeladen, sich uns anzuschließen, denn du hast mit Deiner ständigen Behauptung vollkommen recht: Gemeinsam geht's besser!" Mit einem gegenseitigen kräftigen Händedruck wird der Bund besiegelt.

Nun ist aus der Familie eine Großfamilie geworden, die quasi als Schicksalsgemeinschaft in eine neue Zukunft aufbricht: Isaak und Esther Feigenbaum mit den Söhnen David und Arthur, Sarah Gutensohn mit Mutter Anna und Vater Theodor, Aaron Leiter mit Mutter Emma und Vater Ludwig, Miriam Hainsfurter mit Bruder Joseph und Mutter Hedwig.

„Kind, wo ist Dein Vater?" fragt nichtsahnend Isaak Feigenbaum die junge Begleiterin seines Sohnes. „Auf dem Schiff gestorben und auf See bestattet!" kommt David einer möglich tränenreichen Antwort zuvor. „Das tut mir aber unendlich leid. War er denn schwer krank?" bohrt Isaak ungeduldig nach. „Ja, aber wir hatten leider nicht die richtige Medizin, sein Herz war schon zu Hause sehr schwach", entgegnet Miriam, „lassen Sie es gut sein, wenigstens ist er von seinem langen Leiden erlöst worden. Seine Seele ruhe in Frieden."

Langsam setzt sich der seltsame Zug in Bewegung in Richtung Hafenbehörde, wo zunächst alle Ankommenden, besonders die Auswanderer registriert werden. Wie aus dem Nichts ertönt eine vertraute Stimme: „Isaak, Esther, David, Arthur! Hier!" Isaaks Bruder Samuel hat die vertrauten Gesichter längst in der Warteschlange entdeckt und nur ihr Näherkommen abgewartet. Neben ihm steht seine Gemahlin Lea, eine bildhübsche Frau mit dunklen Augen und dunkelblondem Haar. Beide strahlen beim Anblick ihrer nächsten Verwandten übers ganze Gesicht und können es kaum erwarten, die Geretteten in die Arme zu schließen. Unter Freudentränen fallen sich die Brüder in die Arme. „Gottseidank seid ihr da. Hier seid ihr in Sicherheit und braucht nicht mehr um euer Leben zu fürchten! Aber, was ist denn in Deutschland los? Warum werden die Juden so brutal verfolgt? Sind unsere Verwandten und die früheren Nachbarn noch am Leben?" Fragen über Fragen brechen über Neuankömmlinge herein. Doch die Wiedersehensfreude überwiegt. „Es ist ja wunderbar, dass ihr euch mit anderen Familien zusammengetan habt! Ihr könnt ja gleich einen eigenen Kibbuz gründen. Land ist genügend vorhanden. Ich habe da einen sehr guten Freund in der Stadtverwaltung. Der wird sich um alles kümmern, dass ihr gleich mit dem Aufbau einer neuen Existenz beginnen könnt. Jetzt aber seid ihr zunächst alle meine Gäste. Das Haus ist groß genug und verhungern und verdursten werdet ihr ganz bestimmt nicht!" Aus Samuel sprudeln die Fragen und die Botschaften nur so heraus. Die Freude, den sehr müde wirkenden Ankömmlingen eine wertvolle Hilfe sein zu dürfen, macht ihn ungemein stolz.

*

Der Lageralltag gestaltet sich mit Ritualen, die die Insassen allmählich abstumpfen lässt: Morgenappell, Essen fassen, Arbeit im Steinbruch, abendlicher Zählappell, Essen fassen, Bettruhe. Nathan Baldauf, ein intelligenter junger Mann mit relativ robuster Gesundheit, gewinnt allmählich das Vertrauen seiner Bewacher und wird zum Blockältesten mit ziemlich großzügigen Befugnissen ernannt. Er weiß, dass er und seine Kameraden nur eine Überlebenschance haben, wenn sie sich so gut wie möglich mit ihren Peinigern arrangieren. Nathans Aufstieg in die Lagerleitung verspricht sehr gute Aussichten, die Hölle zu überleben. Doch wird der gewohnte Alltagstrott eines Tages ganz plötzlich unterbrochen.

Ein junger Familienvater aus Nathans Baracke erfährt in einem ihm zugesteckten Brief von einem früheren Bekannten in der alten Heimat, dass sich seine Frau mit dem Rest der Familie nach Schweden absetzen konnte und in der neuen Heimat ein ziemlich lockeres Leben mit wechselnden Männerbekanntschaften führt. Sie erwecke den Eindruck, dass sie ihn schon abgeschrieben habe. Die Gerüchte, die über das Leben in Lagern kursieren, ließen wohl den Schluss zu, dass da keiner mehr lebend herauskomme. Während bei Einbruch der Nacht jeder auf seiner Pritsche vor sich hin döst, an einem harten Stück Brot kaut oder bereits den tröstenden Schlaf gefunden hat, beginnt der sich betrogen fühlende junge Mann zu weinen, immer lauter zu reden, bis er schließlich einen Schreikrampf bekommt und mit dem Schriftstück in der Hand in der Barack auf und ab rennt. Noch ehe seine Leidensgenossen begreifen, was da gerade passiert, rennt er aus dem Holzbau über den Appellplatz auf den tödlich Elektrozaun zu. „Halt stehen bleiben oder ich schieße! Stehenbleiben!" tönt es aus den Kehlen der wachhabenden SS-Aufseher. Wie ein Wahnsinniger rennt der junge Gefangene in wildem Zickzack auf die tödliche Umzäunung zu und bricht kurz davor zusammen, als mehrere Schüsse durch die Luft peitschen. Mehrere SS-Männer hatten wohl ihren Killerinstinkt nicht mehr im Griff. Die Blockkameraden sind inzwischen aus der Baracke gestürmt und versuchen lautstark, ihn von seinem Vorhaben abzubringen. „Nicht, nicht, halt!" brüllt es aus vielen Kehlen. Eine

Kette aus Wachsoldaten versperrt ihnen schlagartig den Weg, denn die auf sie gerichteten Gewehre bilden eine klare Warnung.

Aus vielen Wunden blutend liegt das Häufchen Elend am Zaun. „Baldauf, mit vier Mann herkommen und ab mit ihm in die Grube!" herrscht der wachhabende SS-Offizier den Blockältesten an, „und dann in meine Stube, aber ganz schnell!" Baldauf gibt einigen Kameraden die entsprechenden Anweisungen und begibt sich sogleich zur Kommandantur.

Bei seinem Eintritt erwartet er das Schlimmste. Doch ungewohnt freundlich fragt der Uniformträger, ob ihm bekannt sei, warum der junge Mann flüchten wollte. Nathan berichtet von dem Brief: „Es war kein Fluchtversuch, das hätte mein Kamerad nie getan. Er hatte einfach wahnsinnige Sehnsucht nach seiner Frau und seiner Familie. Er war sehr verzweifelt und schon ganz wirr im Kopf, dem Wahnsinn nahe. Ich fürchte, er wollte sich bewusst das Leben nehmen und da war der Elektrozaun wohl die sicherste Methode! Wir alle hätten keine Chance gehabt, ihn von seinem Entschluss abzubringen." Eine Zigarre rauchend und nebenbei Cognac schlürfend lümmelt sich der SS-Offizier in seinen Sessel und hört scheinbar teilnahmslos den Bericht an. „Schluss jetzt!" brüllt plötzlich der SS-Mann, „sorgen Sie dafür, dass mir nicht nochmal einer meinen Ruf versaut! Abtreten!" Baldauf traut seinen Ohren nicht, als der Mann ihm noch hinterher ruft: „Ich will, dass wir ein Vorzeigelager bleiben und dafür haben Sie mit zu sorgen!"

In der Baracke bringt noch keiner ein Auge zu, denn alle befürchten, dass irgendwelche Repressalien im Raum stehen oder gar Baldauf für den Selbstmörder büßen müsse. Als Nathan die Baracke betritt und süffisant lächelt, ist klar: Zu befürchten haben sie wegen des Vorfalls nichts und ihr „Boss" ist heil und am Leben. Doch bald stehen den Lagerinsassen neue brisante Neuigkeiten ins Haus.

*

Die Registrierung der Immigranten verläuft problemlos, die Papiere sind in Ordnung. Samuel hat für den Transport der Menschen und des Gepäcks vorgesorgt. Zwei Kleinlastkraftwagen mit jeweils eigenem Fahrer warten auf einem großen Parkplatz des Hafengeländes. „Jetzt kommt ihr mal alle zu mir nach Hause und dann werden wir weitersehen!" Die warme Herbstluft tut ein Übriges, damit sich die „Großfamilie" so richtig wohl fühlen kann. Die

Enge auf dem Schiff, die ständige Angst wegen eines immer zu erwartenden Fliegerangriffs, die Ungewissheit über eine ungefährdete Ankunft, die bange Sorge um die Zukunft haben der Psyche ungemein zugesetzt.

Nach einer Stunde rasanter und abenteuerlicher Fahrt durch das Stadtgewirr biegen die beiden Fahrzeuge in eine kleinere Ausfallstraße ein und fahren schließlich durch ein großes Tor auf den Hof eines ansehnlichen Anwesens. „Wir sind da, das ist meine Heimat und Ihr alle seid zunächst meine Gäste. Das Nebengebäude, ein richtiges Gästehaus, bietet Platz genug für die befreundeten Familien. Ein ganzes Stockwerk mit Kochgelegenheit steht für alle Gäste bereit. Mein Bruder, seine Frau und die beiden Söhne werden bei mir im Haus wohnen." Trotz dieser totalen Überraschung brechen nicht gleich alle in lauten Jubel aus, denn die Erschöpfung von der langen Reise fordert ihren Tribut.

Die „Einquartierung" verläuft relativ rasch und unkompliziert, und vor allem bietet die Anlage für jede Familie die so wichtige Privatsphäre. „Ruht euch aus, macht euch frisch, denn heute steht noch ein Grillabend mit einigen weiteren Gästen auf dem Plan. Der Beginn eines neuen Lebens muss schließlich gefeiert werden! Übrigens steht euch auch der Swimmingpool im Garten zur Verfügung. Fühlt euch einfach wie zu Hause!" Samuel genießt es sichtlich, seine Angehörigen um sich zu haben und deren Freunden und Glaubensgenossen eine sichere Bleibe und ein Gefühl der Geborgenheit bieten zu dürfen.

David nimmt beim Stichwort „Swimmingpool" sofort Blickkontakt mit Miriam auf und bedeutet mit dem Auge in die entsprechende Richtung. Unmerklich bedeutet er mit den Fingern die „Zehn" an und meint damit „In zehn Minuten am Pool!" Miriam ist mittlerweile in seine Zeichensprache eingeweiht und bestätigt mit einem verschämten Lächeln, dass sie verstanden hat. Seine Eltern wundern sich, dass er es so eilig hat, ins Wasser zu kommen, doch sind sie einfach froh, endlich die lang ersehnte Ruhe zu finden und sich um die Sicherheit ihrer Söhne nicht mehr sorgen zu müssen. Eigenartig finden sie nur, dass Arthur es vorzieht, im Haus zu bleiben und sich auf seiner neuen Liegestatt auszustrecken.

Auch Sarah und Aaron verständigen sich mit einem vielsagenden Blick und entschwinden zunächst in die komfortable Behausung. Als David und Miriam schon längst einige Bahnen ziehen, kommt das zweite Pärchen hinzu und stürzt sich ins kühlende Nass. Prustend und jauchzend strampelt Aaron mit den Beinen und signalisiert Glücksempfinden pur.

*

„Sofort in Reih' und Glied antreten, ausrichten, Mund halten, Meldung!" brüllt die Lautsprecherstimme über das gesamte Lager. Noch schlaftrunken wanken Hunderte ausgemergelte Gestalten unter der Führung ihrer „Ältesten" aus den Baracken zum großen Appellplatz und lassen das übliche Ritual über sich ergehen. „Abzählen und Meldung!" brüllt die wiederum über den ganzen Platz. Plötzlich ertönt laute Marschmusik und die unverkennbare Stimme des Propagandaministers Joseph Goebbels tönt in die morgendliche Kälte: „Unsere Armeen eilen auf den Schlachtfeldern Europas von Sieg zu Sieg. Alle, ob Soldaten oder Zivilisten, haben sich dem Ziel eines großen Endsieges unterzuordnen und ihre Pflicht zu erfüllen, wo sie sich auch immer befinden! Nichtsnutzige Elemente werden sofort eliminiert!" Für alle ist klar: Das bedeutet für alle Beteiligten den Beginn eines furchtbaren Abnutzungskampfes mit Kälte, Hunger, Krankheit und Tod.

Jeden Morgen und jeden Abend erweitert sich das bisherige Schauspiel um die Siegesmeldungen der deutschen Wehrmacht aus den kreischenden Lautsprechern. Aber irgendwie haben die Lagerinsassen das Gefühl, sogar die leise Hoffnung, dass sie in diesem Krieg doch noch irgendwann gebraucht werden

und vielleicht etwas Abwechslung in den Lageralltag kommt. Tatsächlich ergeht am nächsten Morgen
beim üblichen Zählappell die Aufforderung an die
Blockführer, sich sofort beim Kommandanten einzufinden. Der SS-Oberscharführer blickt in die er-
wartungsvollen Gesichter und gibt folgende Order:
„Ab sofort benennt jeder Blockälteste fünfzig arbeitsfähige Männer, möglichst ausgebildete Hand-
werker, marschiert mit dem Trupp in einer Stunde
zum Lagertor und erwartet dort weitere Befehle.

Nathan Baldauf wird in der Baracke schon sehnsüchtig zurück erwartet. Von seinen hundert Männern wären gut achtzig sofort einsatzfähig gewesen,
aber eine Auswahl muss vorgenommen werden.
Baldauf weiß, ihm muss gelingen, alle hundert Kameraden für den Einsatz genehmigt zu bekommen,
denn schon einmal aus der Umzäunung gekommen,
gäbe es zumindest ein winziges Gefühl von Freiheit
und Selbstwertgefühl, vom Hauch einer Chance zur
Flucht ganz zu schweigen. Geduldiges Abwarten ist
angesagt.

Während die übrigen Blockinsassen zur gewohnten Arbeit gehen, formieren sich die „Auserwählten"
auf dem riesigen Platz zum Lagereingang. Angetreten in zehn Fünfzigertrupps erwarten die Häftlinge
ihre Order. „Ihr marschiert zum nördlichen Lager-
ausgang und erwartet dort neue Befehle!"

Schon von weitem ist ein riesiger Fabrikkomplex zu sehen, die Schornsteine rauchen und je näher sie ihrem vermeintlichen Ziel kommen, desto lauter ist auch der Fabriklärm zu hören. Die fünfhundert neuen Arbeiter werden in verschiedene Arbeitstrupps eingeteilt. Nathan Baldauf bekommt den Befehl, sich mit seinen Männern bei der Produktionsabteilung 5 zu melden. Der Lärm der fauchenden und stanzenden Maschinen ist ohrenbetäubend, eine mündliche Verständigung kaum möglich. Ein Vorarbeiter in einem grauen Overall bedeutet Baldauf mitzukommen und die anderen zu warten. In einem Bretterverschlag, dem Büro des Kapos, erhält Nathan folgenden Befehl: „Ihre Männer sind beauftragt, die großen Granatenhülsen für die Panzerartillerie innen und außen zu polieren, sauber aufzuschichten und die Stapel mit Hilfe von Handkarren zur Befüllung zu transportieren. Die Arbeit ist unverzüglich aufzunehmen, zuverlässige Erledigung wird erwartet!" Der Vorarbeiter bedeutet Baldauf, seine Männer herzuwinken und mit Handzeichen zu einer Marschordnung Aufstellung nehmen zu lassen. Unter Führung des Vorarbeiters bewegt sich der Arbeitstrupp zur Produktionsstätte der Granatenhülsen. Zwei schon länger beschäftigte Arbeiter deuten mit Handzeichen an, dass sie eine Arbeitsprobe abgeben würden. Unmittelbar darauf werden die Häftlinge zur Nachahmung angehalten. Immer vier Männer werden zur Bearbeitung eines Objekts eingeteilt.

Die Arbeit ist schwer, die Verpflegung gestaltet sich sehr karg, der Lärm ist ohrenbetäubend und zunächst schier unerträglich. Die Hoffnung, der schweren Arbeit im Steinbruch entkommen zu sein, erweist sich als Schlag ins Wasser. Die tägliche Prozedur, vor allem auch der lange Hin- und Zurückmarsch, mergelt die ohnehin unterernährten geschundenen Körper noch mehr aus. Während der letzten Woche konnten zehn Männer in der Früh nicht mehr aufstehen. Ihnen fehlte die Kraft, Übelkeit und Erbrechen taten das Ihre dazu. Nachdem bereits innerhalb von vier Wochen viele Männer an Entkräftung sterben, werden die Essensrationen für die Fabrikarbeiter erhöht und gleichzeitig die Arbeitsnormen etwas zurück gefahren. Aber der unsägliche permanente Lärm der Stanzen und Walzen schädigt die Ohren und stumpft die Gemüter zusehends ab.

*

Punkt neunzehn Uhr soll die Grillparty starten. Unter einer riesigen, ausladenden Platane steht ein Holzkohlegrill, auf einem Tisch daneben liegen sauber sortiert edle Fleischstücke von Rind, Schaf und Ziege. Schrifttäfelchen bedeuten dem Gast, welches Fleischstück er sich für den Grill heraussuchen kann. Eine Fülle an Zutaten präsentiert sich auf dem Nebentisch. Eine weitere Tafel präsentiert ein üppiges

Angebot an Getränken. Kopfschüttelnd stehen Isaak und Esther an den mächtigen Baumstamm gelehnt. Sie halten sich an den Händen und sehen sich strahlend an. „Der Herr hat uns wahrlich wie einst unsere Ahnen aus der Knechtschaft herausgeführt und uns ins Paradies geleitet. Schöner als hier kann es auch in den himmlischen Wohnungen nicht sein!" ruft Isaak seinem Bruder zu.

Ein Wermutstropfen trübt gleich zu Beginn die Stimmung, denn Aarons Vater Ludwig haben die Reisestrapazen doch so sehr zugesetzt, dass er an dem Festmahl nicht teilnehmen kann und das Bett hüten muss. Von heftigen Fieberkrämpfen geschüttelt findet er keinen Erholungsschlaf. Seine Frau Emma kühlt ständig seine heiße Stirn mit feuchten Tüchern. Sohn Aaron hat nur Augen für Sarah. Ihn scheint die Krankheit des Vaters nicht allzu sehr zu bekümmern. Plötzlich zerreißt ein markerschütternder Schrei den friedlichen Festschmaus. Er kommt aus der Unterkunft der Familie Leiter. Sofort rennt Aaron ins Haus und blickt ins schmerzverzerrte Gesicht der Mutter. Auf dem Bett liegt blass, aber ganz friedlich sein Vater. Schluchzend und die Worte stammelnd erklärt ihm die Mutter, dass der Vater sich plötzlich in einem Fieberanfall aufgebäumt habe, ins Kissen zurück gefallen sei und nicht mehr atmete.

Sogleich verstummt die Unterhaltung der munteren Festgesellschaft. Aaron verkündet der Runde, dass sein Vater friedlich entschlafen sei. „Ihm war es leider nicht vergönnt, in der neuen Heimat endgültig anzukommen. Ein wichtiger Trost für meine Mutter und mich: Er wird in heiliger Erde ruhen, in einem Land ohne Angst und Verfolgung, in der Heimat der Väter."

Er beginnt das Kaddisch zu sprechen, umringt von den Menschen, die das Schicksal des Toten geteilt haben, wundersame Rettung erfuhren und bei lieben Menschen eine neue Heimat fanden. Demonstrativ stellt sich Sarah an seine Seite und verkündet der Trauerversammlung mit respektablem Selbstbewusstsein: „Ihr sollt wissen, Aaron und ich haben uns gegenseitig versprochen. Wir wollen so bald wie möglich heiraten und eine Familie gründen. Viel Zeit bleibt nicht, denn der erste Leiter-Spross kündigt sich bereits an." Aaron weiß nicht, ob er sich freuen oder weinen soll. Soeben hat er seinen toten Vater beklagt, nun erfährt er, dass seine künftige Frau bereits neues Leben in sich trägt. Beide fallen sich in die Arme und halten sich ganz fest umklammert. Noch weiß ja die Mutter und klagende Witwe noch nichts von ihrer künftigen neuen Rolle als Oma. Beileidsbezeugungen und Glückwünsche für die Zukunft fallen in einem Rausch von schüttelnden

Händen zusammen. Miriam und Aaron sind so überwältigt, dass sie sich erst mal absetzen und die Gesichter in die Hände vergraben. Das Leben in der neuen Heimat wird im Wesentlichen so sein wie zu Hause in dem Dorf, wo sie herkommen: Altes Leben geht, neues Leben kommt – der ewige Kreislauf vom Werden und Vergehen beherrscht auch hier das menschliche Leben und Zusammenleben.

Noch lange sitzt die Runde im Schatten der großen Platane zusammen und diskutiert über die gelungene Ausreise und mögliche Zukunftspläne. Das Zirpen der Grillen und die Rufe der Nachttiere übernehmen die immer leiser und rarer werdenden menschlichen Stimmen.

„So, jetzt bleibt mal alle brav sitzen, denn ich habe eine Neuigkeit", verkündet der Hausherr beim gemeinsamen Mittagessen am übernächsten Tag. Er zieht ein Papier aus der Tasche seines weiten Hemds, entfaltet es mit einer ausladenden Geste und beginnt zu lesen und zugleich zu übersetzen, denn er Originaltext ist in Hebräisch verfasst: „Sehr geehrter Herr Feigenbaum, auf Ihre Anfrage, die Sie schon vor einige Wochen gestellt haben, können wir Ihnen eine positive Antwort zukommen lassen. Ihr Bruder kann sich mit seiner ganzen Familie auf dem Gebiet des neuen Kibbuz Nr. 15 niederlassen und sich der

Gemeinschaft anschließen. Der Umgang mit Einhufern ist ihm ja vertraut. Wir heißen die gesamte Familie willkommen.

Sollten sich aber noch mehrere jüdische Auswandererfamilien in der Gesellschaft der Familie Ihres Bruders befinden, ist zu überlegen, ob sich diese Familien nicht zusammenschließen und einen eigenen Kibbuz gründen. Den Grund stellt die Stadt für Neuankömmlinge kostenlos zur Verfügung, wenn sich die Ansiedler folgenden Leitlinien verpflichtet fühlen:

Das gesamte Kibbuz-Eigentum gehört der Gemeinschaft als Kollektiveigentum.

Der Kibbuz stellt mit seinen Mitgliedern einen geschlossenen Arbeitsmarkt dar.

Diese Gemeinschaft bestimmt durch ihre gewählten Organe die Zeiteinteilung für alle erforderlichen Disziplinen wie Arbeit, Ausbildung, Studium, Freizeit und die Verteilung auf die verschiedenen Produktionsstätten.

Jeder bringt sich nach seinen Fähigkeiten, jeder nach seinen Bedürfnissen ein!

Der Kibbuz ist ein selbstverwaltetes Kollektiv, in dem demokratische Ordnungsprinzipien gelten.

Betretenes Schweigen. Nach einigen Minuten unheimlicher Stille erhebt Isaak als erster das Wort. „Das klingt ja interessant. Wir könnten uns auf der Basis dieser Gemeinschaft eine neue Existenz aufbauen und zusammen neu starten. Andererseits aber gehen wir in der Gemeinschaft auf und unser gewohntes Familienleben bekommt eine ganz andere Ausrichtung als in der alten Heimat. Wir geben eine ganze Menge an Privatsphäre auf, bekommen aber sehr viel wieder zurück. Das muss gut überlegt und durchdiskutiert werden. Mein lieber Bruder, wir brauchen Zeit." „Natürlich", entgegnet Samuel, „wir haben noch vier Wochen, bis Ihr Euch entscheiden müsst. So lange könnt Ihr alle hier bei mir wohnen."

Samuel nimmt seinen Neffen David zur Seite und bittet ihn, mit ihm ins Haus in sein Büro zu kommen. „Lieber Neffe, versuche Deinen Eltern und auch den Anderen klar zu machen, dass das die Chance für einen Neustart ist. Jeder kann sich nach einer gewissen Zeit auch aus dem Kibbuz verabschieden. Aber derjenige, für den diese Lebensform passt, kann absolut sein Glück finden. Du weißt, ich habe keine Kinder, deshalb habe ich schon lange daran gedacht, Dir eines Tages meinen ganzen Besitz zu überschreiben. Du könntest Deine Eltern herholen und selbst eine eigene Familie gründen. In etwa fünf Jahren möchte ich mich zur Ruhe setzen. Da bekomme ich für meine bisherige Tätigkeit in der Stadt- und Distriktsverwaltung eine ordentliche Pension. Außerdem werfen meine Orangen- und Zitronenplantage jährlich einen ansehnlichen Gewinn ab. Meine Frau und ich liegen Dir auch nicht auf der Tasche, es ist genügend für alle da. Es gäbe auch noch eine andere Möglichkeit. Deine Familie bleibt gleich hier und Du könntest mir zur Hand gehen. Dabei könnte ich Dir alles beibringen, was Du als erfolgreicher Unternehmer einmal brauchst. Auch für Deine Eltern wäre Platz in unserer Mitte. Überlege es Dir gut und viel Glück!"

David weiß nicht, wie ihm geschieht. Das ist des Glücks auf einmal zu viel. Er fällt dem Onkel um den Hals und rennt schon aus dem Zimmer. „Als erste muss es Miriam erfahren, das mit seinen Eltern und dem Bruder hat noch Zeit", sagt er leise vor sich hin. Da er sie nirgends finden kann, rennt er zum Pool und sieht sie dort ihre Bahnen ziehen. Ganz aufgeregt bedeutet er ihr, ans Ufer zu kommen. Mit verschwitztem Gesicht raunt er ihr zu, am Abend pünktlich gegen neun Uhr zu ihrem geheimen Treffpunkt zu kommen. Miriam ist ganz überrascht von seiner Wichtigtuerei, verspricht aber, zum vereinbarten Zeitpunkt da zu sein.

*

Miriam erscheint pünktlich an dem verabredeten geheimen Ort. David wartet schon sehr ungeduldig. Die Botschaft seines Onkels hat ihn total verwirrt. Nach einem intensiven Begrüßungskuss kauern sich die beiden ins Gras und David berichtet die Neuigkeit. „Das wäre ja wunderbar, aber ich kann jetzt meine Mutter und meinen Bruder nicht allein lassen. Vor allem Mutter braucht mich. David, wir lieben uns zwar über alles, aber gib mir bitte die Zeit, zuerst mit dem Rest meiner Familie Fuß zu fassen. Wir können uns ja trotzdem regelmäßig sehen. Mein Bruder ist von der Idee, einen eigenen Kibbuz zu gründen, total fasziniert. Nutze du die Chance hier bei Deinem Onkel. Ich werde Dir treu sein und eines Tages ganz hierher zurückkommen."

David wirkt zunächst sehr konsterniert, weiß aber genau, dass er Miriam nur ganz für sich gewinnen kann, wenn er sie jetzt loslässt. Seine Eltern und auch sein Onkel würden nie dulden, dass er mit seiner Geliebten nur lose zusammen lebt. Nachdenklich schlendern beide zurück zu ihren Familien. Als David in die Nähe des Hauses kommt, sieht er seinen Onkel und seinen Vater diskutierend auf der Terrasse sitzen. Beide wirken sehr ernst und nachdenklich. Eigentlich will er sich in die Unterhaltung nicht einmischen, doch unverhofft ruft ihn sein Onkel an, sich doch zu ihnen zu setzen. „Dein Vater ist über meinen Vorschlag informiert. Er überlässt ganz Dir die Entscheidung. Ihr solltet Euch ernsthaft Gedanken machen. Es eilt aber nicht." Damit verabschiedet er sich und Sohn und Vater sitzen sich allein gegenüber. „David, ich bin über den Plan von Onkel Samuel informiert. Es ist die Chance Deines Lebens, aber Du musst allein entscheiden, ob Du Dich darauf einlassen willst. Deine Mutter, Dein Bruder und ich werden uns mit unserer neuen „Großfamilie" in das Abenteuer „Kibbuz" stürzen. Ich brauche meine Freiheit und ich will wieder mit Tieren, am liebsten mit Pferden, Eseln und Mauleseln handeln. Das ist meine Leidenschaft, ich bin kein Orangenfarmer und kein Verwaltungsmensch. Lass Dir noch einige Tage Zeit, bevor Du Dich entscheidest. Mir ist auch nicht verborgen geblieben, dass Du der hübschen Miriam den Hof machst. Weihe sie ruhig in Deine Überlegungen ein. Mutter muss ja davon nicht unbedingt gleich etwas mitbekommen."

David sitzt verdutzt da und wäre seinem Vater am liebsten um den Hals gefallen. Plötzlich spürt er, wie die schlimme Zeit in Deutschland und die Strapazen der Reise die Familie zusammengeschweißt haben. „Vater, ich lasse Euch doch jetzt nicht im Stich. Ich komme zunächst mit, um kräftig beim Neuaufbau des Kibbuz mitzuhelfen. In einem oder in zwei Jahren kann ich immer noch zu Onkel Sam zurückkommen. Dann habe ich auch viel dazugelernt, um mich wieder auf eine neues Abenteuer einzulassen." Jetzt ergeht Issak genauso wie vorher seinem Sohn. Mit tränenerstickter Stimme blickt er diesem in die Augen: „David, wir haben Schlimmes durchgemacht. Wir haben unsere frühere Heimat verlassen und wurden um unser Hab und Gut betrogen. Wir haben eine sehr strapaziöse Reise überstanden und sind in diesem wunderbaren Land bei wunderbaren Menschen angekommen. Es freut mich, dass Du zunächst bei uns bleiben willst. Nutze aber doch bitte die Chance, die Dir Onkel Sam bietet. Mutter und ich werden eines Tages auch wieder hierher zurückkehren, falls Du uns in Deiner Nähe haben willst. Jetzt aber möchte ich mich frei entfalten und das gemeinsame Abenteuer wagen." David merkt spätestens jetzt, dass er mittlerweile erwachsen geworden ist und Vater ihn als wichtigen Partner auf dem spannenden Weg in eine neue Zukunft sieht.

*

„Baldauf, wie steht es um die zwanzig Männer, die unter Ihrer Verantwortung stehen und gestern nicht zur Arbeit erschienen sind?" Ein unerwarteter Besuch des unmittelbaren Dienstvorgesetzten in der Baracke lässt dem Ältesten keine Chance, eine ordnungsgemäße Meldung zu machen. Blitzartig springen die Männer von ihren Pritschen und versuchen so gut wie möglich Haltung einzunehmen. Die Kranken bleiben liegen, sie können nicht aufstehen, denn eine üble Darmkrankheit zwingt sie aufs Lager. Noch bevor Nathan ein Wort herausbringt, brüllt der SS-Mann in seine Richtung: „Sofort die Namen! In einer halben Stunde werden die Kranken abgeholt und in den Krankentrakt gebracht! Ab morgen arbeitet dein ganzer Trupp bis auf Weiteres wieder im Steinbruch. Die Straßen im Lager müssen dringend ausgebessert werden. Hoher Besuch ist für die nächsten Wochen von der Lagerleitung angekündigt." Mit zitternder Hand notiert Nathan Baldauf die zwanzig Namen und übergibt den Zettel dem Adjutanten des Befehlsgebers. „Achtung!" brüllt dieser und schon ist der Spuk beendet. Ein leichtes kaum sichtbares Lächeln zeichnet sich auf den Gesichtern der Häftlinge ab. „Gottseidank raus aus der Fabrik und dem Höllenlärm! Endlich wieder an der frischen Luft arbeiten!" Der erlösende Gedanke lässt sich aus den verbitterten Mienen deutlich ablesen.

„Krankentrakt!" entfährt es einem Mithäftling, „die belügen uns doch, wo und wie sie können!" Während die Gruppe beratschlagt, was sie für ihre Kameraden tun können, fahren schon zwei Truppentransporter vor. Die begleitenden Wachsoldaten nehmen links und rechts der Fahrzeuge mit angeschlagenem Gewehr Aufstellung. „Sofort die Männer herausbringen und auf die Fahrzeuge heben! Aber flott!" schnarrt die Stimme des Wortführers. Auf ihre Kameraden gestützt schleppen sich die kranken Häftlinge aus der Unterkunft und werden von diesen auf die Ladefläche gehoben. Die Rückklappen der Abdeckungen fallen herunter und schon brausen die Kleinlaster in Richtung Krankenstation davon. „Bitte, sagt meiner Frau, dass ich sie nie vergessen habe", flüstert ein abgemagerter Häftling Nathan ins Ohr, „danke dass Du immer zu uns gehalten hast!"

Noch am Abend schleicht sich Baldauf zusammen mit drei Gefährten zur sogenannten Krankenbaracke. Im Schutz der Dunkelheit ducken sie sich zwischen den Baracken hindurch, immer in Gefahr, entdeckt zu werden. Ein Blick in die Fenster des sogenannten schwach beleuchteten Krankenbaus lässt sie erstarren. Entkleidet und übereinander gestapelt liegen ihre kranken Kameraden übereinander. Die Einschusslöcher an der Stirn oder ins Genick sind deutlich zu erkennen. Einige zeigen sogar ein Lächeln in ihren erkalteten Gesichtszügen. „Diese Schweine, diese Mörder!" presst Baldauf hervor. Auf demselben Weg kehren sie wieder in ihre Behausung zurück. Ihre Mienen und ihr Schweigen sprechen für die Mithäftlinge Bände. „Also doch, ich habe es geahnt!" zischt einer, der sich nur mit Not und Mühe von der Pritsche erheben und damit dem sicheren Tod entgehen konnte. „Wir müssen uns etwas einfallen lassen, dass so etwas nie mehr passiert", wendet sich Nathan mit fester Stimme an die Kameraden, „wir werden wohl Nachschub mit Neuzugängen bekommen, aber ich habe da eine Idee. Ich muss nachdenken und morgen noch vor dem Appell werde ich sie euch verkünden." Deprimiert schleichen die ausgemergelten Gestalten auf ihr hartes Nachtlager.

Nathan Baldauf, der unbemerkt von seinen Kameraden mittlerweile im Lager ein breites Netz geknüpft hat, kennt auch die Küchenchefs und die Sanitäter, allesamt auch „führende" Lagerinsassen, die sich vor allem um das leibliche Wohl des Wachpersonals kümmern müssen. Während seine Leute so langsam in einen unruhigen Schlaf verfallen, schleicht er sich in den Versorgungsblock und kann einen der Sanitäter ausfindig machen. „Ich brauche dringend die stärksten Medikamente gegen Durchfall und Ruhr. Besorge mir, was irgendwie möglich ist. Außerdem brauche ich frisches Brot. Es soll dein Schaden nicht sein!" „Wie stellst du dir das vor, ich brauche die Medikamente für eine Gruppe neu angekommener SS-Leute, die kamen alle mit Durchfall und Erbrechen!" „Gib ihnen irgendein Placebo oder Rizinusöl, auch wenn sich vielleicht der Durchfall dadurch noch verschlimmert. Bei meinen Männern geht es um Leben oder Tod. Ich komme morgen Abend wieder um dieselbe Zeit, um die Medikamente abzuholen. Ich zähl' auf dich!"

Baldauf schleicht sich davon und gelangt unbemerkt in den Versorgungsblock. Sofort nimmt er den Weg in die große Backstube, aus der soeben von zwei Häftlingen ein Wagen mit frischen Brotlaiben geschoben wird. „Ich habe Order, sofort vier Laibe ins Büro unseres Wachkommandanten zu bringen! Also packt sie in einen Leinensack, damit ich sie transportieren kann! Mein Herr ist schon sehr ungeduldig, er erwartet für heute noch hohe Gäste", herrscht er die beiden in einem Befehlston an, den er mittlerweile von den Wachmannschaften gelernt hat. Die beiden tun, wie er geheißen und schon geht er festen Schrittes davon. Der Weg zurück ist sehr mühsam, denn das Gewicht drückt auf die Schultern. Schweißnass kommt er schließlich in seiner Baracke an und wird sofort von den Kameraden umringt. „Ruhe", befiehlt er, „jeder bekommt zunächst ein Stück Brot. Kaut langsam und genießt den frischen Duft!" Morgen gibt es eine neue Überraschung.

*

Der abendliche Rückweg ins Lager verläuft in gewohntem Trott. Total durchnässt und am ganzen Körper schlotternd zieht das elende Häuflein durchs Lagertor und formiert sich bei immer noch strömendem Regen zum lockeren Appell. „Sofort in die Baracken abrücken! Der nächste Appell ist morgen früh zur gewohnten Zeit!" schnarrt es aus dem Lautsprecher. Mit letzter Kraft schleppen sich die Häftlinge in die Baracken und entledigen sich sofort ihrer nassen Kleider. Der rasch angeheizte Ofen spendet nach geraumer Zeit wenigstens etwas Wärme, damit zumindest die Kleider wieder notdürftig trocknen. Die geschundenen Leiber kriechen unter die Decken. Doch für Baldauf gibt es keinen Schlaf. Zusammen mit einem eingeweihten Mithäftling berät er auf seiner Pritsche leise flüsternd, wie sie den „Verlust" eines Kameraden beim Zählappell kaschieren könnten.

Der Freiheitsdrang eines jungen Mithäftlings namens Jakob ist Nathan schon seit geraumer Zeit nicht verborgen geblieben. Eines Tages vertraut sich dieser dem Blockführer an und bittet ihn um Fluchthilfe. Fieberhaft sinniert Nathan über einen möglichen Fluchtplan. In drei Tagen wäre dieser realisierbar. Jakob solle sich im Steinbruch verstecken und den nahen Wald zu erreichen versuchen, nachdem man die Wachen „ausgeschaltet" habe. Wenn dann von ihm in den folgenden Stunden keine Spur mehr zu sehen sein werde, könnten die Fluchthelfer annehmen, dass er unbemerkt entkommen konnte. Doch irgendwann würde sein Fehlen bemerkt werden.

Jetzt ist guter Rat teuer. Nathan kommt schließlich die rettende Idee und auch die plausible Erklärung für den Morgenappell. „Ein Häftling ist von einem herabstürzenden Block gestern erschlagen worden. Wir haben ihn ins Lager transportiert und am Sammelplatz für die Toten abgelegt." So könnte der Rapport lauten. Die ganze Nacht über plagen Baldauf Zweifel, ob die Wachen ihm dies wohl abnehmen werden. Was geschieht wohl dann, wenn sie genau nachfragen und einen gerade Entflohenen damit in Verbindung bringen? Die Unruhe im Lager lässt darauf schließen, dass tatsächlich ein Häftling vermisst wird. Die Nacht will kein Ende nehmen.

Endlich der Aufruf aus dem Lautsprecher zum Antreten. Baldauf macht die besprochene Meldung und will schon aufatmen. Da ertönt aus dem ominösen Kasten der Befehl: „Abrücken! Barackenältester Baldauf sofort zum Kommandanten!" Nathan rutscht das Herz in die Hose. Jetzt heißt es einfach, Gelassenheit zu spielen und sicher aufzutreten. „Setzen Sie sich, ich habe eine Neuigkeit. Sie sorgen mit Ihren Männern dafür, dass am kommenden Mittwoch der gesamte Appellplatz blitzsauber ist, weil wir hohen Besuch erwarten. Unser Lager ist ein Vorzeigelager. Es geht um Disziplin, Sauberkeit und meine weitere Karriere! Sorgen Sie dafür, dass Ihre Männer ordentlich gekleidet sind. Die Kleiderkammer hat Anweisung für die Herausgabe neuer Anzüge und Mützen. Angelegt werden die neuen Kleidungsstücke erst am Morgen des Besuchstages und anschließend sofort wieder zurückgegeben. Ich zähle auf Sie! Es soll nicht umsonst sein!"

Mit schlotternden Knien und einem Gefühl der Befreiung macht er sich auf den Weg zurück zu seiner Baracke. Die Kameraden erwarten ihn schon in größter Sorge, ob sie vielleicht schon wieder neue Schikannen zu erwarten hätten. „Ganz im Gegenteil! Wir haben ihn quasi in der Hand! Er weiß, er braucht uns, um auf der Karriereleiter nach oben zu kommen. Wir werden ihm dabei helfen, denn schließlich braucht unser Kamerad eine echte Chance zur Flucht."

Der Besuch der angekündigten Delegation bietet Anlass, den Morgenappell schon eine Stunde vorzuverlegen. Denn schließlich muss alles perfekt funktionieren. In neuer Kleidung bieten die sonst sehr jämmerlich aussehenden Häftlinge einen frischen Eindruck. Auch die anschließende Frühstücksration ist reichlicher als üblich. Bis zum Besuchsappell ist noch Zeit, sich an der aufgehenden Sonne zu wärmen. Alles wirkt so entspannt, bis plötzlich ein Tiefflieger über das Lager hinwegbraust und sich alle Häftlinge inklusive der Wächter im Staub liegend wieder finden. „Aufstehen und sofort in die Baracken! Warten, bis neuer Befehl erfolgt!" brüllt die gewohnte Stimme aus dem Lautsprecher. Erneut kehrt die Maschine zurück und eröffnet das MG-Feuer auf die Wachsoldaten, verletzen aber auch noch vom Hauptplatz fliehende Häftlinge. Einige stürzen sofort zu Boden, andere schleppen sich verwundet in die sicherer geglaubte Behausung. Eine zweite Maschine, wohl ein Aufklärer, fliegt in einiger Höhe über das Lager hinweg. Baldauf glaubt einen roten Stern an Tragflächen der Flügel entdeckt zu haben. Nervös rennen die Wachmannschaften umher und brüllen Befehle zum Rückzug in die Baracken. „Die Front rückt wohl näher", ist der erste Gedanke, der Nathan durchzuckt. Zwei Tage später ist der Kanonendonner deutlich zu hören. Rückt die Befreiung näher?

Nach weiteren vier Tagen passiert etwas völlig Unverhofftes. Am Morgen des fünften Tages, es ist ein eiskalter Januarmorgen des Jahres 1945, fährt eine Wagenkolonne des „Internationalen Komitees vom Roten Kreuz" im Zugangsbereich des Lagers vor. Nathan und seine Kameraden beobachten von ihrer Baracke aus, dass Hunderte von Häftlingen an ihrer Behausung vorbeimarschieren und in die Fahrzeuge gebracht werden. Erst später sollen sie erfahren, dass es dem IKRK nach langen Verhandlungen mit der SS gelungen ist, fünfhundert Häftlinge zu übernehmen. Wohin diese gebracht werden, ist zu diesem Zeitpunkt den Beobachtern unklar. Auf jeden Fall ist Bewegung in den Lageralltag gekommen. Ein weiterer Abtransport erfolgt am 6. Februar. Und keine drei Wochen später steht die neue Hiobsbotschaft bevor. Wieder fahren die Fahrzeuge des IKRK vor und nehmen eine riesige Anzahl von Häftlingen auf. „Gottseidank sind wir nicht dabei", ruft einer aus Baldaufs Haufen, „die kommen bestimmt ins Gas!" Totenstille tritt ein. Doch diese Menschenbewegung sollte nicht die letzte Aktion sein.

*

Der Personenzug dritter Klasse, der am Dienstag, den 20. Februar 1945, an der Güterabladestelle den Hauptbahnhof verlässt, ist der neunte und letzte Augsburger Deportationstransport. Über 600 Juden der Stadt hatte die Deutsche Reichsbahn seit 1941 in die Vernichtungslager im Osten des Reiches verschleppt. Für die 29 jüdischen Augsburger dieses letzten Transports bleibt das Ziel unbekannt. Sie bekommen die Information, es gehe zum „Arbeitseinsatz", sie ahnen jedoch nach den Tagebuchaufzeichnungen eines Mitreisenden, dass das Ziel für alle das „Durchgangslager" Theresienstadt ist.

Die Aufzeichnungen eines Mitverhafteten, der ebenfalls mit im Zug sitzt, überliefern folgenden Hergang der Ereignisse in Augsburg: ‚Die benannte Gruppe muss sich an einer bestimmten Sammelstelle in der Stadt einfinden. Die betroffenen Menschen gehören alle zu jener NS-Kategorie von Juden, die mit einem „Arier" verheiratet und deswegen erst 1945 in den Terror zur „Endlösung der Judenfrage" einbezogen werden. Ein Gepäckstück ist erlaubt'.

Zwei der 29 Zwangspassagiere erfahren noch an Ort und Stelle, dass die Reise für sie nach Theresienstadt gehe. Die anderen lässt man im Unklaren. Es gehe zum Arbeitseinsatz, heißt es. Vierzig Stunden dauere die Reise Richtung Nord-Osten. Unter den Deportierten befindet sich auch der Rechtsanwalt Ludwig Dreibein. Seine Frau Amalie ist Katholikin. Er hatte von seiner Kanzlei aus bereits einige Prozesse gegen NSDAP-Angehörige geführt. Nach der Reichspogromnacht erhält er Berufsverbot, arbeitet aber als Anwalt „niederen" Rechts weiter. Die übrigen jüdischen Juristen Bayerns, die wie er als „Konsulenten" geduldet sind, dürfen keine Robe anziehen und müssen ab 1941 den gelben Judenstern tragen. Wie alle Juden erhält er den Vornamen Israel, und muss sich vor Beginn jeder Verhandlung öffentlich als Jude outen. Siebzig Prozent seines Honorars führt er zwangsweise jeweils an die Reichsrechtsanwaltskammer ab.

Auch Hugo Weiß, einst Inhaber einer Fabrik für Hemden, Unter- und Bettwäsche im ersten Stock des Gebäudes in der Maximilianstraße 71, sitzt in dem Zug, der im Februar 1945 Theresienstadt ansteuert. Er stammt ursprünglich aus demselben Dorf wie Nathan Baldauf. Seine vier älteren Schwestern und seine Eltern sind trotz des einsetzenden Terrors im Dorf geblieben. Sein Vater handelte dort mit Stoffen, die Mutter führte den Haushalt. Im Jahr 1890 geboren, kommt Hugo mit 14 Jahren bei dem Wäschefabrikanten Johann Müller in Augsburg in die Lehre, um den Beruf eines Webers zu erlernen. Er zeigt sich als gelehriger Schüler und besteht nach einer Lehrzeit von zwei Jahren die Gesellenprüfung mit Bravour.

Familie Müllers einzige Tochter, Eliza, ist dazu ausersehen, eines Tages den elterlichen Betrieb zu übernehmen. Noch während der Lehrzeit freunden sich Hugo und Eliza heimlich an. Aus einer losen Freundschaft entwickelt sich schließlich eine enge Liebesbeziehung. 1912 heiraten sie schließlich, nachdem der Vater als bekennender Katholik schweren Herzens seinen Segen gibt. Er weiß sehr wohl, dass eine Mischehe aus einem Juden und einer Katholikin mit einigen Schwierigkeiten verbunden sein wird. Doch sein Schwiegersohn hat bereits mit der Meisterschule begonnen, eine wichtige Voraussetzung, um einmal einen Betrieb führen zu dürfen. Auch diese Prüfung besteht Hugo hervorragend und hat nun die Lizenz, in die Betriebsführung mit einzusteigen. Mit großem Einsatz stürzen sich die Hugo und seine Frau in die Neuorganisation verschiedener Betriebsabläufe. Vor allem die Produktion von Overalls als praktischem Arbeitsanzug wird neu in die Produktionspalette aufgenommen. Zum privaten vollkommenen Glück fehlt nur noch ein Stammhalter. Doch der volle Einsatz für das Werk und die Vermarktung der Produkte fordern ihren Tribut. Alle Bemühungen um Nachwuchs bleiben ohne Erfolg. Zu Beginn des 1. Weltkriegs bekommt auch Hugo Weiß seinen Einberufungsbefehl zu einem Königlich-Bayerischen Infanterieregiment in Ulm. Wie alle deutschen jungen Reichswehrangehörigen ziehen auch die jüdischen Soldaten ins Gefecht, um ihrem Vaterland pflichtbewusst und treu zu dienen. Noch gelten die jüdischen Soldaten als deutsche Kämpfer für Volk und Vaterland. 1916 wird Hugo Weiß in der „Hölle von Verdun" schwer verwundet. Ein Geschoß hat seinen linken Oberschenkel durchschlagen und mehrere Blutgefäße verletzt. Trotz hohen Blutverlustes wird er von zwei Sanitätern gerettet und ins Lazarett gebracht. Von dort gelangt er schließlich mit einem Verwundetentransport nach Ludwigshafen. Sobald er transportfähig ist, holt ihn sein Schwiegervater persönlich ab und bringt ihn zurück in die Heimat. Weil die Fabrik zu einem kriegswichtigen Betrieb erklärt wird - mittlerweile stellt Müller Soldatenuniformen her – bekommt Hugo Weiß seine Entlassungspapiere und arbeitet künftig federführend in der Betriebsleitung mit. Er trägt immerhin Mitverantwortung für zweihundert Arbeiterinnen und Arbeiter. Im Jahr 1930 übergibt der Schwiegervater den Betrieb rechtswirksam an seine Tochter und den Schwiegersohn.

Schon bald nach der Machtübernahme Hitlers im Januar 1933 wirft das Gebaren der neuen Machthaber seine Schatten auch auf die Fabrik. Trotz herrschender Arbeitslosigkeit kündigen einige Arbeiter ihre Stelle auf, denn bei einem Juden zu arbeiten, könne ihrer Meinung nach noch ziemlich gefährlich werden. Die Produktion ist mittlerweile wieder auf Jacken, Hosen, Blusen und Hemden umgestellt worden. 1935 spürt die Familie den politischen Druck ganz massiv. Einige Lieferverträge werden grundlos gekündigt, der Ansatz stagniert und geht stark zurück. Schließlich müssen Arbeitskräfte entlassen werden, der Betrieb kämpft ums Überleben. Seniorchef Müller ist inzwischen verstorben, so dass eine wichtige Verbindungsquelle zu wirtschaftlichen wichtigen Leuten fehlt.

Während der Pogromnacht vom 9. auf den 10. November 1938 dringen SA-Schläger in die Fabrik ein, zerschlagen wichtige Nähmaschinen und schmieren an die Außenfassade den gängigen diskriminierenden Spruch: KAUFT NICHT BEI JUDEN! NIEDER MIT DEN VERRÄTERN!

Hugo Weiß, seine Ehefrau und die Schwiegermutter Susanna können sich einer Verhaftung in letzter Minute entziehen und über einen Hinterausgang fliehen. Es gelingt ihnen, ins Nachbarhaus zu entkommen und sich dort für den Rest des Tages zu verstecken. „Eine gut nachbarschaftliches Verhältnis zahlt sich doch irgendwann aus", raunt Hugo seiner Gemahlin zu. Im Schutz der Dunkelheit machen sie sich zu Fuß auf in Richtung Friedberger Straße. Bei sehr guten katholischen Bekannten finden sie Zuflucht. Die noch verbliebenen Arbeiterinnen und Arbeiter stehen am Morgen des 10. November vor verschlossenen Werkstüren und können sich ob der Schmierereien ihren persönlichen Reim machen. Drei vor dem Werkstor postierte Braunhemden herrschen sie an, jetzt sei die Zeit der Judenhunde vorbei. Die Fabrik führen ab sofort linientreue Vorarbeiter. Das Gebäude mitsamt den Produktionsmaschinen sei beschlagnahmt. Sie sollten schleunigst an die Arbeit gehen, Arbeitsverweigerung würde ihnen als Sympathie für das Judenpack ausgelegt.

Dachau habe noch viel Aufnahmekapazität. Die Arbeiter fügen sich den Anweisungen, doch es dauert nicht lange, bis wegen Kompetenzstreitigkeiten und aus Mangel an Fachkräften der Betrieb stillgelegt wird.

Hugo Weiß und seine Familie leben fast zwei Jahre in ihrem Versteck, wo sie sich mit Näharbeiten die Zeit vertreiben. Nur bei Dunkelheit wagen sie sich vorsichtig auf die Straße. Schließlich passiert etwas Unverhofftes. Ein Hausmädchen der Nachbarsfamilie, eine glühende BDM-Anhängerin, klingelt eines Tages und fragt nach Zucker und Salz. Nichts ahnend öffnet Frau Weiß und gibt ihr die Utensilien. Auch Hugo mischt sich in deren Gespräch ein und fragt nichtsahnend nach dem Wohlbefinden der Nachbarsleute. Noch in derselben Nacht wird er von SS-Männern abgeholt und in das „Judenhaus" in der Maximilianstraße 5 ½ gebracht. Schon am nächsten Tag wird er zur Zwangsarbeit in der Flugzeugfabrik Messerschmidt verpflichtet. Täglich geht ein Transport ins Werk am Stadtrand und zurück. Nach mehreren Monaten wird er mit einigen Leidensgenossen gezwungen, in das Barackenlager ins Textilviertel umzuziehen. Eine neue Tätigkeit führt ihn in seinen alten Beruf zurück. Er wird zur Herstellung von Wehrmachtsuniformen eingeteilt. Die Verpflegung ist miserabel, doch ist man dort von der Willkür der SA verschont, denn schließlich gilt der Betrieb als sehr kriegswichtig.

Am 20. Februar 1945 kommt plötzlich der Befehl, dass sich sämtliche männliche Juden, die mit einer Nichtjüdin verheiratet sind, unverzüglich auf dem Betriebshof einzufinden haben. Dreihundert jüdische Zwangsarbeiter stürmen auf den Hof, das Schlimmste befürchtend. „In Reih' und Glied antreten und abzählen", schnarrt die Stimme eines SS-Offiziers über den Hof, „auf die sofort kommenden Fahrzeug aufsitzen und absolute Ruhe bewahren. Wer sich widersetzt, wird sofort erschossen!" Plötzlich heulen die Sirenen auf und schon brüllt dieselbe Stimme: „Absitzen und sofort in den Keller!" Noch während die erschöpften Gestalten über den Hof in Richtung Hauptgebäude rennen, donnert eine riesige Formation von Bombenflugzeugen mit weißen Sternen an den Tragflächen über sie hinweg und entschwindet in Richtung München, mächtige Kondensstreifen hinter sich herziehend. „Sofort wieder aufsitzen!" brüllt der aufgeregte SS-Mann erneut. Noch während sie aufspringen, heulen die Motoren der Transporter auf und der Konvoi fährt in Richtung Hauptbahnhof davon. „Alle neu Angekommenen absitzen und sofort in die Waggons!" schallt es aus dem Lautsprecher. Vorsichtig um sich blickend erblickt Weiß in der Menge der Neugierigen in der

Nähe der Rampe seine Ehefrau. Noch ehe er ihr zuwinken kann, verspürt er im Rücken den Schlag eines Gewehrkolbens und stürzt zu Boden. Ein entfernter heftiger Aufschrei verhallt ungehört im Durcheinander des Verladevorgangs. Zwei Kameraden ziehen Weiß mit sich und befördern ihn ins Wageninnere. „Türen schließen und abfahren!" brüllt es aus dem Hauptlautsprecher. Unverzüglich knallen die Waggontüren zu und schon faucht die Lokomotive aus dem Bahnhof. Durch die Ritzen im Verschlag können die „Reisenden" erkennen, dass der Zug in Richtung Norden fährt. „Die Türen bleiben geschlossen!" brüllt eine heisere Stimme, als der Zug das erste Mal hält. Mit äußerster Mühe kann einer der Mithäftlinge den Halteort als den Hauptbahnhof Nürnberg ausmachen. Deutlich hörbar und spürbar für alle „Reisenden" werden weitere Wagen angehängt und eine zweite Lok herangeschafft. Nach einer halben Stunde Aufenthalt geht es weiter in Richtung Nordosten. „Fahren wir vielleicht nach Prag?" fragt einer der Eingepferchten. „Wir werden dort eine Stadtbesichtigung bekommen und anschließend einen Empfang auf den Hradschin!" gibt ein anderer zur Antwort. Erstmals seit der Abreise in Augsburg zeichnet sich ein Lächeln auf den Gesichtszügen der geschundenen Kreaturen ab. Ein plötzliches lautes Pfeifen der Lokomotiven und ein Verlangsamen des Tempos signalisieren den Passagieren, dass demnächst ein Halt ansteht. Tatsächlich beginnen die Bremsen zu kreischen und mit einem kräftigen Ruck kommt das gesamte Gefährt zu stehen. Die Türen werden aufgerissen, kalte Winterluft strömt herein und lässt die Glieder schlottern. Lautes, wildes Hundegebell ist weithin zu hören. An der Halterampe steht eine Phalanx uniformierter SS-Leute, das Gewehr im Anschlag. Aus den Waggons ergießt sich eine Menschenflut, die sofort von den Bewaffneten in eine Richtung dirigiert wird. Auf einem großen Platz vor einem schmiedeeisernen Tor mit Inschrift „ARBEIT MACHT FREI" werden sie gezwungen, ihr Gepäck abzugeben und sich in mehreren Reihen zu formieren. Die Gesichter verraten die Gedanken: „Wir stehen wohl an unserer letzten Station."

*

Am 5. Mai 1945 findet kein morgendlicher Zählappell statt. Die Front muss in unmittelbarer Nähe sein, der Kanonendonner und die Einschläge sind deutlich zu hören. Hoffnung auf eine sehr baldige Befreiung macht sich breit, gleichzeitig aber auch die Angst, von einer Granate getroffen zu werden. Heute Morgen aber fahren wieder Fahrzeuge des IKRK vor, allerdings warten sie nicht draußen, sondern rollen durchs Lagertor auf den Hauptplatz. Die gesamte Lager-SS ist angetreten und rennt urplötzlich auf Befehl zu den hinter den Baracken wartenden Transportwagen. Diese starten mit heulenden Motoren und rasen aus dem Lager in Richtung Landstraße nach Westen. Vor dem Haus des Kommandanten wartet schon seit einer halben Stunde eine schwarze Limousine mit laufendem Motor. Vier Rotkreuzschwestern betreten das Bürogebäude und kommen nach fünfzehn Minuten wieder heraus. Ihnen folgt unmittelbar der Kommandant mit seinen beiden Adjutanten. Die drei Männer springen in den Wagen und brausen den LKWs hinterher. Die Häftlinge kommen aus dem Staunen nicht mehr heraus. Plötzlich schnarrt eine weibliche Stimme aus den Lautsprechern. „BEWAHREN SIE BITTE RUHE! SIE SIND AB SOFORT FREIE MENSCHEN UND HABEN KEINE SCHIKANE MEHR ZU BEFÜRCHTEN! DIE ÄLTESTEN SOLLEN BITTE INS HAUS DES FRÜHEREN KOMMANDANTEN KOMMEN. DORT ERHALTEN SIE WEITERE ANWEISUNGEN! SIE DÜRFEN SICH AB SOFORT IM LAGER FREI BEWEGEN! WIE ES WEITERGEHT, ERFAHREN SIE IN EINER STUNDE VON IHREM BLOCKÄLTESTEN!"

Von wegen Ruhe bewahren. Schlagartig bricht aus tausend Kehlen ein Freudenschrei aus, der jedem durch Mark und Bein geht. Ausgemergelte Gestalten, die oft das Gehen kaum mehr vermögen, liegen sich weinend in den Armen. Sie können ihr Glück noch nicht fassen: Frei sein ohne Schikanen, Schläge, Hunger, Demütigung, Todesangst…

Nathan Baldauf überbringt seinen Kameraden die verheißungsvolle Botschaft: „Das Internationale Komitee des Roten Kreuzes (IKRK) hat ab sofort die Lagerleitung übernommen. Die SS ist geflüchtet. Die Russen sind nicht mehr weit. Wir werden vom Roten Kreuz versorgt. Leute, bleibt bitte zusammen, wir haben keinerlei Schikane mehr zu befürchten. Wir haben am Nachmittag eine weitere Besprechung mit den Verantwortlichen des Roten Kreuzes. Ihr seid frei und könnt Euch im Lager als freie Menschen bewegen!"

Eigenartigerweise haben die Schornsteine am Rande des Lagers aufgehört zu rauchen, auch liegt kein beißender Geruch mehr in der Luft. Alle genießen die warmen Sonnenstrahlen. Doch das Bild vor den Baracken ist zum Teil sehr erbärmlich. Mehr tot als lebendig schleppen sich menschliche Gestalten ins Freie. Viele Sanitäter und Krankenschwestern kümmern sich um Sterbende oder nicht mehr gehfähige Menschen. Erst jetzt entdecken die noch bei relativ guter Gesundheit befindlichen Insassen, dass es auch einen Block für Frauen gab. Auch bei ihnen zeigen sich viele in erbärmlichem Zustand. Zerlumpt, verlaust, abgemagert bis auf die Knochen starren viele mit leerem Blick in die Ferne. Die Jüngeren unter ihnen kümmern sich um ihre Leidensgenossinnen. Überall erstaunte Gesichter, für die trotz der menschenunwürdigen Lebensumstände eine völlig neue Situation entstanden ist. Sie sind ab sofort keine unterdrückten, geschundenen Gefangenen mehr, sondern freie Menschen. Plötzlich kreischt eine laute Stimme aus den Lautsprechern: „Soeben kam ein russischer Jeep ins Lager gefahren. Ein Offizier gibt Anweisung, dass sich alle Lagerinsassen sofort in die Baracken begeben und auf weitere Anweisung warten sollen."

Dieser plötzliche Befehlston passt so gar nicht in die Freiheitsstimmung. Irgendjemand müsse ja wohl die Zukunft des Lagers und der Menschen in die Hand nehmen, sinniert Nathan Baldauf vor sich hin. In die Freude der Befreiung mischt sich das Gefühl einer ungewissen Zukunft. Für Nathan zählt nur die Hoffnung, nach all den Strapazen, Demütigungen, Erniedrigungen und Schikanen heil in die Heimat zu kommen. Ihn quält die Ungewissheit über das Schicksal seiner drei Schwestern. Ihn drängt der unbedingte Wille, die Wahrheit über das Erlittene ans Licht zu bringen. Wiedergutmachung steht zunächst an entfernterer Stelle. Die persönliche Würde wieder zu gewinnen, ist auch die Maxime für seine Kameraden.

Zusammen mit drei Mithäftlingen, die aus einer Kleinstadt in der Nähe von München stammen, fasst Nathan Baldauf den Entschluss, dass sie nicht mehr länger im Lager bleiben, sondern sich in die Heimat durchschlagen wollen. Den Russen wollen sie auf keinen Fall in die Hände fallen. Der Krieg dürfte nach Auskunft der Rotkreuzmannschaft nicht mehr lange dauern. Die Rote Armee habe Berlin erobert, der „Führer" habe sich in seinem Bunker in Berlin selbst liquidiert, die Amerikaner rücken von Süden und Westen her in Richtung Elbe vor. Kaum hat Baldauf mit einem führenden Rotkreuzmann seinen Plan besprochen, da tönt aus den Lagerlautsprechern eine aufgeregte Stimme: „Achtung, Achtung! Die Rote Armee ist nicht mehr weit. Die Russen kommen als Befreier, der Weg in die Heimat frei!" Noch am selben Tag fasst Baldauf mit drei Kameraden den Plan, sich tags darauf auf den Weg zu machen, denn wenn das Lager in die Hände der Roten Armee fallen wird, könnte es zum Entkommen zu spät sein.

*

Der Plan von Nathan Baldauf und seinen drei Kameraden steht fest: Morgen werden sie sehr früh aufbrechen und sich in Richtung Westen durchschlagen. Da erlebt er bei seinem Gang ins Verpflegungslager, wo er sich mit Proviant für die Heimreise eindecken will, eine unerwartete Begegnung. In einigen

Metern Entfernung kommt ihm eine Gestalt entgegen, deren Gang und Haltung ihm irgendwie bekannt vorkommen. Der kahl geschorene Schädel lässt beim Näherkommen zunächst keine bekannten Gesichtszüge erkennen, zumal der Häftling das Haupt gesenkt hält. Als die beiden unmittelbar aneinander vorbei gehen, schießt es Nathan in den Sinn: „Den kenne ich doch, oder täusche ich mich?" Ruckartig bleibt er stehen und ruft den bereits Vorbeigegangenen an. „He, Kamerad, kennen wir uns nicht?" Auch der Angerufene bleibt stehen, dreht sich vorsichtig um und schaut ungläubig seinem Gegenüber in die Augen. „Hugo, bist du Hugo Weiß?" Völlig überrascht überlegt der Angesprochene kurz, als denke er scharf nach. Schlagartig überzieht ein Lächeln das zerfurchte Gesicht: „Mensch, Nathan, bist du es wirklich? Nathan Baldauf?" „Ja, ich bin's, Mensch alter Landsmann, so eine Überraschung! Seit wann bist Du hier im Lager? Wie geht es Dir? Wie kommst Du heim?" Noch bevor Weiß eine der Fragen beantworten kann, lassen beide ihren Gefühlen freien Lauf und fallen sich weinend in die Arme. „Hugo, wenn Du willst, kannst Du mit mir und meinen Kameraden kommen, wir machen uns morgen in aller Frühe zu Fuß auf den Weg in Richtung Heimat. Du kannst Dich unserer Gruppe anschließen.

Weiß ist so überrascht, dass ihm momentan die Stimme versagt. Eine solch unerwartete Wendung seines Schicksals hätte er vor noch wenigen Minuten nicht erwartet. Da bricht es aus ihm heraus: „Nathan, ich komme mit. Ich muss unbedingt so schnell wie möglich nach Augsburg. Meine Frau, die Fabrik…" „Morgen früh um fünf am Lagertor!" ruft ihm Nathan entgegen.

Für die Begegnung mit amerikanischen oder russischen Soldaten sind sie vorbereitet. Die eintätowierte Häftlingsnummer sowie ein auf jeden vom IKRK ausgestelltes Ausweispapier dürften eine sichere Garantie für ein rasches Vorwärtskommen bieten. Ihre Häftlingskleidung haben sie auch bewusst nicht gegen Zivilkleidung eingetauscht. Der Abschied von den Leidensgefährten fällt ungemein schwer, doch die Chance zur Rückkehr in die Heimat duldet keinen Aufschub.

*

In aller Frühe marschiert die Gruppe aus dem Lager. Die Heimkehrer halten sich abseits der Hauptstraße und bewegen sich im schützenden Wald. Umherirrende führerlose Wehrmachtssoldaten könnten ihnen auch keine Hilfe für ein schnelles Vorwärtskommen sein und da sind noch versprengte SS-Einheiten oder die Feldpolizei, die sogenannten „Kettenhunde", unterwegs, die mit „Flüchtigen" kurzen

Prozess machen, wie sich im Lager herumgesprochen hat. In die Hände der Russen wollen sie auf keinen Fall gelangen.

Nach zwei langen Tagesmärschen, die Nacht haben sie in einer Feldscheune verbracht, erreichen sie schließlich eine Kleinstadt, durch die sich ein relativ breiter Fluss windet. Schon am Stadtrand sehen sie eine Kolonne unterschiedlicher Militärfahrzeuge mit weißem Stern. „Amerikaner! Wir sind in der amerikanischen Zone angekommen! Wir sind gerettet!" Plötzlich ertönt aus einer seitlichen Deckung der Befehl: „Stop! Hands up! Who are you? Where are you from?" Ruckartig bleiben die fünf Männer in Häftlingskleidung stehen, heben die Hände und blicken in das misstrauische Gesicht eines amerikanischen Officers. „We come from Theresienstadt, from Konzentration-Camp. We want to go home, to Augsburg," gibt Baldauf zur Antwort. "Have you a document?" fragt der Sergeant. "Yes, we have." Der Offizier überprüft die Papiere und plötzlich zeichnet sich ein Lächeln auf seinem Gesicht ab. Mit dem Finger auf ihre Kleidung deutend, fragt er noch nach der eintätowierten Nummer. Alle vier entblößen die dünnen Unterarme. „Are you Jewish?" „Yes!" „Are you hungry and thirsty?" „Yes!" Fast unisono kommt die Antwort aus den ausgetrockneten Kehlen. „Follow me to the camp!" Sie folgen dem Officer in die amerikanische Kommandantur. Der

Offizier gibt ihnen Anweisung, zunächst in der Vorhalle zu warten und entfernt sich. Ganz überraschend schieben zwei Soldaten einen Servierwagen ab ihnen vorbei in die Halle, beladen mit Sandwiches, Schokolade, Kaugummis, Zigaretten und zwei großen Krügen mit gelber Limonade. „That's for you! You must eat and drink until the table is empty." Die hungrigen Gäste greifen zu und laben sich an den Köstlichkeiten, wohl wissend, dass sie ihre schwachen Mägen zunächst nicht überstrapazieren dürfen. Da taucht auch schon der Officer in Begleitung eines Ranghöheren auf. Der bleibt in einiger Entfernung stehen und ergötzt sich am Appetit der Neuankömmlinge. Plötzlich runzelt er die Stirn und spricht in klarem Deutsch mit amerikanischem Akzent auf Baldauf deutend: „Du kommst mir irgendwie bekannt vor. Ich kenne das Gesicht. Diese Ähnlichkeit!" „Ich bin Nathan Baldauf aus einem kleinen Dorf in Bayern. Das sind meine Mithäftlinge. Wir kommen aus dem Konzentrationslager Theresienstadt und wollen so schnell wie möglich nach Hause." „Mensch Baldauf, erkennst du mich nicht? Ich komme doch aus demselben Dorf wie Du. Meine ganze Familie ist 1933 in die USA ausgewandert. Deine Schwestern sind Emilie, Klara und Therese. Ihr hattet ein Spezereiengeschäft in der Hauptstraße!" Baldauf runzelt die Stirn und überlegt fieberhaft. „Dann kannst Du nur Simon Goldschmid sein. Dein Vater war Getreidehändler. Deine

Schwester Hedwig habe ich einmal sehr verehrt, eine wunderschöne junge Frau!" „Richtig, ich bin es und heiße jetzt Simon Goldsmith. Ich bin Command Sergeant Major bei einer Panzereinheit, habe die Landung in Sizilien miterlebt und war beim Befreiungsfeldzug von Süditalien her mit dabei." Beide fallen sich freudestrahlend und zugleich weinend in die Arme. „Aus dem Konzentrationslager Theresienstadt kommt ihr? Das klingt ja wie ein Wunder. Ich war bei der Befreiung des Lagers von Dachau dabei und was ich da gesehen habe, verfolgt mich täglich in meinen Träumen. Das habt Ihr überlebt? Ein wahres Wunder! Wenn Du mit deinen Kameraden heimkommen willst, dann werden wir mal Nägel mit Köpfen machen. Was die braune Brut an Unheil angerichtet hat, muss aufgeklärt und an die Öffentlichkeit gebracht werden!

Ihr bekommt jetzt zunächst neue Kleidung, doch zuvor nehmt ihr ein Reinigungsbad. Ihr müsst vor allem die lästigen Läuse loswerden. Anschließend ruht ihr euch gründlich aus. Wir haben das Rathaus und das Wohnhaus des ehemaligen NS-Bürgermeisters komplett beschlagnahmt. Dort gibt es ein eigenes geräumiges Zimmer für Euch und alles Weitere erfahrt Ihr von meinem Adjutanten. Der wird euch begleiten und Euch jeden Wunsch von den Augen ablesen. Ich selbst muss zur Besprechung für die nächsten Marschpläne. Unser Ziel ist Torgau an der Elbe!"

„Simon, da ist noch ein Landsmann von uns dabei, er hat sich nur sehr verändert", wirft Baldauf ein. „Mensch, jetzt wo Du es sagst! Ich hatte da schon so ein komisches Gefühl, dass ich das Gesicht irgendwoher kenne. Warte, ich komme selbst darauf." Sehr angestrengt denkt Goldsmith nach, während er in das vermeintlich bekannte Antlitz blickt, das sich zu einem Lächeln verzieht. „Hugo Weiß! Stimmt's? Mensch Hugo, dass ich Dich nicht sofort erkannt habe! Du warst doch in Augsburg zur Lehre! Wie geht es Dir? Welches Glück, dass Ihr alle noch lebt! Leute, das ist heute ein besonderer Tag in meinem Leben. Ein Wunder ist geschehen! Drei Landsleute sehen sich in der Fremde wieder und das unter diesen Umständen!" Total überwältigt und mit den Tränen kämpfend nimmt er die beiden in die Arme und ruft aus: "Freunde, ich tue alles, um Euch heil in die Heimat zu bringen. Ich persönlich bürge für Euer Schicksal!" Das Wiedersehen muss zunächst aber irgendwie gefeiert werden!

Baldauf und seine Kameraden glauben im siebten Himmel angekommen zu sein. Sie erleben zurzeit ein wahres Wunder. Sie sind gerettet, stehen unter dem garantierten Schutz der amerikanischen Besatzungsmacht und können endlich nach Hause. Total erschöpft legen sie sich zur Ruhe. Zunächst aber gibt es viel zu besprechen. Sie reden noch sehr lange, bis sie in den erlösenden Schlaf sinken.

„Stand up!" ruft eine Stimme im Türrahmen des Schlafgemachs am nächsten Morgen, „wir haben eine Überraschung für Euch: In zwei Stunden wird eine unserer Pionier-Einheiten nach Süden verlegt. Wir haben Befehl, nach München zu fahren, um dort mitzuhelfen, den Flughafen instand zu setzen. Auf ausdrücklichen persönlichen Befehl von Goldsmith bekommt Ihr Militäruniformen, damit einer Teilnahme am Transport nichts im Wege steht. Der befehlshabende Officer ist eingeweiht. Goldsmith musste mit seinen Panzern schon in aller Frühe abrücken. Er lässt grüßen und hofft auf eine Wiedersehen in der alten Heimat." Wie von einer Tarantel gestochen springen die vier Kameraden aus den Betten und hüpfen wie Schuljungen hin und her. Ein Sergeant führt sie in einen Raum, wo neue amerikanische Uniformen mit Abzeichen für einfache Mannschaftsdienstgrade bereit liegen. Keiner vermag das Kleidungsstück mit seinem ausgemergelten Körper auszufüllen. Doch ausgestattet nicht nur mit neuer Kleidung, sondern auch einem neuen Selbstwertgefühl genießen sie das reichhaltige Frühstück und werden anschließend mit einem Jeep zu den Transportfahrzeugen gebracht. Freudig begrüßt von ihren neuen „Kameraden" nehmen sie auf der offenen Ladepritsche Platz. „Zehn Wagen westwärts!" ruft Baldauf freudig aus. Die erste Etappe in Grobrichtung Bayreuth gestaltet sich nicht sehr angenehm. Die Sitzbänke sind hart, die Straßen sehr schlecht. In atemberaubenden Tempo fahren die Militärlaster über die holprigen Wege und Straßen, der beißende Abgasgeruch brennt in den Augen. Das einzig Angenehme: Die Sonne strahlt von einem blauen Himmel und: Es geht der Heimat zu. Nach einem kurzen Verpflegungsstopp erreicht der Konvoi nach Stunden die Stadt Nürnberg. Die einst so majestätische Stadt, in denen Hitler mit seinen Schergen riesige Reichsparteitage zelebrierte, liegt in Schutt und Asche. Links und rechts der Straßen, die sie passieren, türmen sich Trümmer, zwischen denen Menschen nach Gegenständen zum Überleben suchen. Bei einem riesigen Camp, das die US-Army am Rande der Stadt aufgebaut hat, halten die Fahrzeuge an. „Absitzen und Essen fassen!" lautet der Befehl unseres Kommandanten. Baldauf und seine Kameraden, die sich in ihren Uniformen noch so ganz fremd fühlen, werden in die Mitte genommen und mit den nötigen Informationen versorgt. Überraschenderweise sprechen in der Army sehr viele Soldaten deutsch, wohl auch ausgewanderte Juden, die jetzt auf der Seite der Befreier für ein neues Deutschland kämpfen.

Nach einer Stunde ertönt der Befehl zum Aufsitzen und schon fährt der Konvoi in Richtung München los. „Keine Sorge, Kameraden", bedeutet der Kommandant den jüdischen Gästen, „wir fahren über Dillingen an der Donau, wo es noch die einzig intakte Donaubrücke in dieser Region gibt, nach Augsburg und von da ab nach München. Wir haben Order von Goldsmith, Euch dort abzusetzen, wo ihr es haben wollt!" „Danke, Kamerad!" ruft Nathan, „das ist ja wunderbar!" Nach weiteren drei Stunden Fahrzeit über Weißenburg und Donauwörth erreichen sie den Donauübergang in Dillingen und rollen in Richtung Augsburg. Je näher sich Baldauf seiner Heimat kommen sieht, desto mehr bedrückt ihn die Sorge, wie es wohl seinen Angehörigen ergangen ist. Ihn quälen bange Fragen: „Bin ich überhaupt hier noch daheim? Wo gehe ich hin, wenn niemand mehr da ist?" Endlich kommt das Ortsschild seines Heimatortes, fünfunddreißig Kilometer nordwestlich von Augsburg gelegen, in Sicht. Auch dieser Ort zeigt Spuren von abgebrannten Gehöften und zerstörten Häusern. Mitten auf der Kreuzung bleibt der voranfahrende Jeep stehen. „Bitte aussteigen, wir sind da!" ertönt die Stimme des Kommandanten. Zögernd klettern die fünf Kameraden von den Fahrzeugen, vorsichtig um sich blickend. Einige ältere Passanten verschwinden sofort in ihren Häusern, während mehrere Kinder die Militärlaster bestaunen und den Soldaten zujubeln, um eventuelle Süßigkeiten zu ergattern. In die Menge geworfene Schokolade-dosen lassen einen wahren Kampf um die Süßigkeiten entbrennen. „Bitte, warten Sie, ich möchte nur nach meinem früheren Haus und nach der Synagoge sehen." Der Aufenthalt kommt den amerikanischen „Grünhelmen" so richtig gelegen. Sie können sich die Füße vertreten, ihre geliebte Zigarette rauchen und die Abendsonne genießen.

Baldauf bedeutet seinen Kameraden, hier bei den Fahrzeugen zu warten, er wolle sich allein kundig machen. Hugo Weiß bittet ihn, sich ihm anschließen zu dürfen. Als beide das frühere Haus der Baldaufs betreten, sehen sie es von einer früheren Nazi-Familie bewohnt. Der neue Hausherr blickt ihnen misstrauisch entgegen, die Kinder verstecken sich hinter den Rockschößen der Mutter. „Herren Soldaten, wir haben nichts verbrochen. Was wollen Sie?" Die amerikanische Uniform muss auf die Familie mächtigen Eindruck gemacht haben. „Das ist mein Heimathaus und Ihr habt es mir weggenommen! Aber ich komme wieder!" gibt Baldauf zur Antwort und dreht sich um. Mit blassem Gesicht und nach Atem ringend blicken ihm die Hausbewohner nach. Das entschlossene Auftreten des amerikanischen Soldaten muss auf die Familie mächtig Eindruck gemacht haben. Welches Ungemach steht wohl den neuen „Besitzern" ins Haus? „Jetzt winseln Sie um Gnade und uns haben die Nazis einfach enteignet, entrechtet, entwürdigt und beraubt!" denkt er sich auf dem Weg zur Synagoge. Für Hugo Weiß wirkt der gesamte Ort fremd und feindselig. Er ist nicht mehr seine Heimat. Die Eltern sind längst tot, das Haus wurde von der NSDAP beschlagnahmt, seine Schwestern wurden, wie er noch in Augsburg hörte, nach Polen verschleppt. Selbst die Synagoge, wo er einst Bar Mizwa feiern durfte, wirkt im zerstörten Zustand fremd und stimmt ihn ungemein traurig. Schon der Anblick dieses einst so würdevollen Bauwerks veranlasst beide, stehen zu bleiben und sogleich umzukehren. Die einstige Mitte der jüdischen Gemeinde präsentiert sich jetzt als entwürdigte Ruine!

Niedergeschlagen kehren sie zu den wartenden Fahrzeugen zurück und erklären dem verantwortlichen Offizier, dass sie so schnell wie irgendwie möglich nach Augsburg wollten. „Dort kenne ich einen guten Bekannten, bei dem ich unterkommen kann. Hier ist nicht mehr meine Heimat", bemerkt Baldauf mit trauriger Miene. Vom Schicksal seiner Schwestern sollte er erst später erfahren.

Eine blaue Abgaswolke hinter sich herziehend, braust der Konvoi in Richtung Augsburg davon.

*

Wie jedes Jahr treffen sich die Familien, die sich vor nunmehr sieben Jahren aus Deutschland aufmachten, um im „Land ihrer Väter" eine neue Heimat zu finden, zum Pessachfest bei Samuel Feigenbaum und seiner Frau Lea. Das große Landgut bietet wie schon bei ihrer damaligen Ankunft immer noch genügend Platz für mehrere Familien und auch für mehrere Tage. Die Feier des Sedermahls am Vorabend bedeutet für die Familien Feigenbaum, Leiter, Gutensohn und Hainsfurter zugleich ein Erinnerungsmahl an ihren persönlichen Exodus aus dem Deutschland Hitlers und seiner Schergen. Mit dem Vortrag der biblischen Texte von der wundersamen Errettung ihrer Väter aus Ägyptens Gefangenschaft und dem Ritual, das das Gesetz vorschreibt, nimmt das Fest seinen Verlauf. Der Zuspruch den Speisen gegenüber und der Genuss von reichlich Wein erfüllt absolut die Vorgabe der Väter. Auch der örtliche Rabbiner zählt seit Jahren zu den Gästen, denn seine Gemeinde gewann durch die neuen Zuwanderer enorm an Aufschwung. Doch diesmal gewinnen seine Worte eine ungeahnte Bedeutung.

„Es ist sehr wichtig, die Religion der Väter weiter zu pflegen, den Glauben zu vertiefen und alle Gesetze zu beachten! Der Glaube gibt uns Halt und sichert den Zusammenhalt des jüdischen Volkes auf der ganzen Welt. Wir müssen auch immer an die Glaubensbrüder und −schwestern denken, die in schlimmen Lagern leben müssen. Ich weiß, wovon ich spreche. Mein Bruder Jakob, der bei der Auswanderung unserer Familie in Deutschland bei Verwandten blieb, konnte aus dem Lager Theresienstadt bei einem Außeneinsatz mit Hilfe eines Mithäftlings aus dem Raum Augsburg fliehen und entkam letztendlich mit Unterstützung jüdischer Familien auf seinem Fluchtweg der unmenschlichen Lagerhaft. Über Ungarn, Rumänien, Bulgarien und Griechenland marschierte er zu Fuß. Er fand überall Hilfe, denn Hitler zog eine blutige Spur durch ganz Europa bis nach Russland. Mit einem Schiff gelangte er von Patras nach Zypern und von dort nach Tel Aviv. Ein jüdischer Mithäftling mit einer Leitungsfunktion im Lager verhalf ihm zu einer abenteuerlichen Flucht. Jakob kommt heute noch aus Jerusalem zurück. Ich habe ihn − hoffentlich mit der Zustimmung des Hausherrn - auch zum Fest eingeladen."

Das laute Knattern eines Motorrads stört plötzlich die feierliche Stimmung. Die Maschine hält vor dem Haus, der Fahrer sitzt rasch ab und zieht den Zündschlüssel. Behände springt er die Treppe hoch und ruft nach dem Hausherrn. Dieser erhebt sich und geht zu Tür. „Ich bin der Bruder des Rabbiners, ich kenne Nathan Baldauf. Er kommt vielleicht aus dem Dorf Eurer Gäste. Ich muss die Familien unbedingt sehen. Nathan hat mir das Leben gerettet und ich weiß nicht, ob er selbst noch lebt. Ein ganz wunderbarer Mensch!"

Samuel bittet den jungen Mann zu Tisch und stellt ihn kurz vor, bevor dieser selbst das Wort ergreift: „Ich bin Jakob Morgenstern, der Bruder des Rabbiners. Ich konnte vor drei Jahren aus dem schlimmen Lager Theresienstadt fliehen. Mein Lebensretter war Nathan Baldauf!" „Das darf nicht wahr sein, Nathan Baldauf, unser Landsmann!" bricht es aus Isaak hervor. Beide fallen sich um den Hals und Jakob wird von allen Seiten bedrängt, vom Leben im Lager und seinem Fluchtabenteuer zu erzählen.

„Es ist eine sehr lange, manchmal unbegreifliche Geschichte, eine lange Odyssee, die ich gar nicht mehr im Einzelnen   nacherzählen kann. Aber am Spannendsten waren die Flucht aus dem Lager und die erste Unterkunft bei einer Bauersfamilie. Schon viele Wochen zuvor habe ich Nathan meinen Plan anvertraut. Dieser meinte nur, dass es sinnlos sei, solch ein Unterfangen zu wagen: ‚Die Posten sind zu aufmerksam und ein gescheiterter Versuch bedeutet den sicheren Tod. Da muss ich schon gehörig nachdenken. Vielleicht fällt mir eine Lösung ein. Lass' mir einige Tage Zeit'!

Wie gewöhnlich zog ich mit meinen Kameraden an einem sehr regnerischen Tag zum Steinbruch. Eigentlich wären unserer Meinung nach gar keine Posten nötig gewesen, denn wir arbeiteten an der Talsohle einer riesigen Abbaugrube. Nach einer Sprengung am Tag zuvor lag wieder eine Unmenge an Gestein und Geröll bereit, um uns mit dem Zerkleinern der riesigen Blöcke zu schinden. Baldauf hatte sich in vielen Tagen zuvor tatsächlich das Gehirn zermartert, wie er mir helfen könne. An diesem verregneten Tag müsste es passieren, da die Posten den Regen scheuten und sich in die Unterstände zurückzogen. Karten spielend und Cognac trinkend vertrieben sie sich gewöhnlich die Zeit, während wir schufteten. Wie es Baldauf gelungen war, einen Vorrat an alkoholischen Getränken zur „Versorgung" der Wachhabenden zu organisieren, war mir ein Rätsel, aber das Vertrauen in Nathan war immens. Ich vertraute ihm blind. Ihm ist es in vielen Monaten umgekehrt gelungen, das Vertrauen der Wachhabenden zu gewinnen, da er vielen oft zu Gefallen war, vor allem im Organisieren von alkoholischen Getränken und Rauchwaren. Seine „Bezugsquelle" musste wohl im Versorgungsbereich angesiedelt sein. Noch heute ist mir unbegreiflich, wie es ihm an diesem Tag gelang, auf unserem vorsintflutlichen Transportgefährt einige Flaschen Cognac zu verstecken und aus dem Lager zu schmuggeln.

Bei der sogenannten Mittagspause kam ein wachhabender junger SS-Mann mit fragender Miene auf Baldauf zu. Der wusste sofort Bescheid und steckte dem bewaffneten Mann ein Paket zu. Dieser herrschte zwei Häftlinge an, das geschnürte Ding sofort zum Unterstand zu bringen. Triefnass kehrten die beiden zurück und alle nahmen die brutale Arbeit wieder auf. Baldauf bedeutete mir, in seine Nähe zu kommen. „In einer Stunde ist es soweit. Wir decken dich auf dem Karren mit Steinen zu und bei der nächsten Fuhre nach oben lässt du dich mit herunterrollen und bleibst zunächst regungslos liegen. Sobald du ein Grölen aus dem Unterstand der Wächter hörst, machst du dich langsam frei und rennst in den naheliegenden Wald und weiter, so schnell und so lange dich die Füße tragen!"

Schon beim Anschieben des Wagens über die steilen Serpentinen nach oben begannen die Wachsoldaten zu singen und immer lauter zu grölen. Das edle Getränk tat wohl seine Wirkung. Oben angekommen rutschte ich mit den Steinen auf die Halde und fühlte mich geschunden und zerschlagen. Der erste Test signalisierte mir: Alle Glieder waren heil! Ich brauchte nicht mehr lang zu warten, bis ich mich aus meiner Bedeckung befreien konnte. Ein Jahrhundertregenguss sorgte dafür, dass die Wachhabenden in ihrem Unterstand verblieben und ich in den nahen Wald rennen konnte. Das Herz schlug mir bis zum Hals und jede Sekunde erwartete ich einen Schuss aus dem Gewehr eines Postens. Nichts dergleichen geschah. Ich rannte bei peitschendem Regen immer in dieselbe Richtung. Nicht selten rutschte ich aus und schlug auf den Boden. Nachdem ich immer noch ungehindert weiterrennen konnte, bemerkte ich in zwei Kilometer Entfernung ein Gehöft. Der Hof war bewirtschaftet, denn die Kühe grasten trotz des heftigen Regens auf einer großen Weide hinter den Gebäuden. Furchtbare Gedanken schossen mir durch den Kopf: ‚Was passiert, wenn die Leute dich ausliefern? Wurde mein Fehlen bereits bemerkt? Wird Nathan Schwierigkeiten bekommen? Müssen meine Kameraden meine Flucht mit zusätzlicher Folter bezahlen? Jetzt galt es nur noch auf den Hof zu kommen und nicht abgewiesen zu werden. ‚Halt! Stehen bleiben!' schallte mir in eigenartigem Deutsch ein gewohnter Befehl entgegen. Ich hielt kurz inne und gewahrte unter dem Vordach der Scheune einen älteren Mann mit einer Gabel in der Hand. ‚Komm schnell her, du bist wohl abgehauen?" ‚Bitte helfen Sie mir, ich bin am Ende meiner Kräfte!' ‚Jetzt komm' erst mal in den Stall und ziehe deine nassen Klamotten aus. Ich bringe dir ein anderes Gewand. Bleibe aber, wo du bist, ich werde dich im Stroh verstecken und dir etwas zu essen bringen.' Mein Retter ging langsamen Schrittes davon, kam aber kurz darauf mit einer geflickten Bauernhose, einem nicht gerade dazu passenden Hemd und einem zerschlissenen Arbeitskittel zurück. In der einen Hand hielt er ein Stück Brot und einen Krug mit Wasser. Gierig verschlang ich das Brot und kauerte mich in das duftende Stroh. „Du darfst auf keinen Fall einen Laut von dir geben, wenn sie mit ihren Hunden kommen. Sie kommen nicht hier herein, denn der Kommandant der Wachmannschaft kommt jeden zweiten Abend zu meiner Tochter, bleibt bis weit nach Mitternacht und lässt sich auch das selbst gebraute Bier in größeren Mengen schmecken. Du musst mehrere Tage in deinem Versteck bleiben, bis sie ihre Suche in einem größeren Radius ausweiten und schließlich aufgeben. Dann kannst du sicher weiter kommen, falls nicht noch einer auf dieselbe Idee wie du inzwischen gekommen ist.'

Ich weiß nicht, wie lange ich geschlafen habe. Als ich aufwachte, war es stockfinster. Plötzlich öffnete sich die Scheunentür und unter anzüglichem Gelächter schoben sich der Kommandant und die Haustochter in Richtung Strohhaufen. Sich heftig küssend zogen sie sich gegenseitig die Kleider vom Leib und ließen sich auf die weiche Unterlage fallen. Es roch unangenehm nach Alkohol und Zigarrenrauch. Sie stöhnte plötzlich laut auf und biss ihm in die Unterlippe. Mit einem tiefen Seufzer wälzte er sich von ihrem Körper herunter, gab ihr einen Klaps und erhob sich vom Lager. ‚Bitte Schatz, bleib' noch etwas,' flehte sie ihn an. ‚Ich muss leider heute schon früher fort. Wir bekommen morgen Besuch von der obersten Lagerleitung. Da muss ich pünktlich da und fit sein. Ich komme aber morgen Abend ganz bestimmt wieder!' Auch sie legte wieder ihr Gewand an, strich sich einzelne Strohhalme aus dem Haar und beide entschwanden lautlos aus der Scheune. Mir schlug das Herz bis zum Hals. Ein leises Husten oder ein Niesanfall hätten meine Rettung zunichte gemacht. Ich fiel wieder in einen gesegneten Schlaf, bis ich plötzlich aufschreckte. Die Sonne schickte einzelne Strahlen durch die Bretterritzen des Scheunentors.

Auf dem Hof schrien Stimmen durcheinander, die Hunde rissen an den Leinen. ‚Wenn der Bastard auf dem Hof ist, wäre es besser, du würdest ihn sofort herausgeben. Andernfalls wirst du gehängt!“ brüllte ein junger SS-Mann dem älteren Bauern entgegen. ‚Hier ist niemand. Wer soll schon aus dem Lager fliehen können. Ich würde jeden sofort zurückschicken, ich bin ein loyaler Diener Hitlers, mein Sohn ist in Russland bei der Sechsten Armee vor Stalingrad! Hier sind nur meine Tochter und ich alter Mann. Wir können gerade so notdürftig die Tiere versorgen und wissen nicht, wie lang es noch geht. Das Rheuma setzt mir ziemlich zu.'

‚War etwa ich der Gesuchte oder war gar noch ein anderer Häftling geflohen?' schoss es mir durch den

Kopf,' ,vielleicht suchen sie ja nicht mich, sondern einen anderen.' Schließlich redete ich mir ein, dass ich nicht gemeint war. ,Was ist da los?' schallte plötzlich eine bekannte Stimme über den Hof. ,Meldung, aber sofort!' brüllte der wie aus dem Nichts auftauchende Kommandant den Wortführer an. Dieser war so überrascht, dass er seinen Bericht nur stotternd zustande brachte. ,Abrücken und zurück ins Lager!' befahl der Kommandant. Salutierend und die rechte Hand zum Hitlergruß erhoben, marschierte die Suchmannschaft vom Hof und entschwand im nahe gelegenen Wald. ,Hei, du bist schon da. Ich hätte gemeint, du erwartest heute hohen Besuch?" rief überrascht die Tochter des Hauses aus der Eingangstür. ,Wurde überraschend auf nächste Woche verschoben. Stabsbesprechung wegen irgendeiner Krise an der Ostfront und der Landung der Alliierten in Nordafrika. Im Führerhauptquartier herrscht Krisenstimmung', erklärte er sein unerwartetes Auftauchen. ,Dann komm doch schnell herein, das Mittagessen steht bereit und die „Nachspeise' können wir in meinem Zimmer einnehmen. Mein Vater muss ohnehin gleich nach dem Essen aufs Feld. Solange der ,Besuch' auf dem Hof weilte, war ich sicher, doch wie lange musste ich noch da bleiben? War die Suche schon abgebrochen worden? Quälende Fragen zermarterten mein Gehirn. Nach drei Stunden fuhr der Besucher wieder vom Hof und ich atmete auf.

‚Pass' genau auf, was ich Dir sage. Ich fahre morgen in aller Früh mit dem Pferdefuhrwerk in die Stadt, um frische Eier und Geräuchertes auf den Markt zu bringen. Ich verstecke dich auf dem Wagen und wenn wir nach dem offenen Feld wieder Deckung erreicht haben, springst du ab und versuchst selbständig weiter zu kommen. Wie ich von meiner Tochter weiß, ist die Suche abgebrochen. Aber sei vorsichtig!' raunte der Hausherr mir zu. Mit klopfendem Herzen und mit großer Freude hörte ich die frohe Kunde: ‚Endlich raus aus dem Versteck! Endlich wieder frische Luft atmen! Endlich wieder ein Stück mehr Freiheit!' wollte ich hinausschreien, doch ich hatte gelernt, mich zu beherrschen. Unauffälligkeit, Demut, Unterwürfigkeit galten fortan als sichere Wegbegleiter.

Durch einen Bretterspalt beobachtete ich das Anschirren der Pferde, noch war es dunkel. Ich schlich mich zum Wagen und schon lag eine schwere Pferdedecke über mir. Darüber stapelte der Bauer Schinkenstücke und Schachteln mit Eiern. ‚Hüa! Hüa!' schallte es über den Hof. Das Gespann setzte sich in Bewegung. Nach gefühlten zwei Stunden hielt das Gefährt plötzlich an. ‚Brr, brr, halt!' befahl der Lenker den Rössern. Ruckartig blieb der Wagen stehen. ‚Die Feldpolizei!' schoss es mir durch den Kopf. Der Bauer schob die Schachteln und Schinkenstücke zur Seite, hob die Decke an und bedeutete mir, hervorzukriechen und abzuspringen. Die Sonne blendete mich, doch ringsum war keine Menschenseele zu sehen. Wir befanden uns auf einer Waldlichtung. ‚Nimm den Rucksack und geh nach dem Kompass immer in südwestlicher Richtung. Irgendwann erreichst du ein Dorf mit einem barocken Kirchturm und daneben liegendem barocken Rathaus. Davor liegt ein großer Weiher. Gehe nicht durchs Dorf, sondern nimm bei Dunkelheit den Weg, der links außen herumführt. Am Dorfrand erblickst du ein etwas abseits stehendes Gehöft mit einer gelben Fassade. Versuche möglichst unbemerkt das Haus zu erreichen. Klopfe dreimal kurz ans Fenster neben der Haustür. Eine junge Frau wird dir öffnen. Es ist meine ältere Tochter. Ich habe sie neulich besucht und in meinen Plan eingeweiht. Alles Weitere erfährst du von ihr. Jetzt geh und Gott behüte dich! Warte aber hier im Dickicht, bis es dunkel ist! ‘ Noch ehe ich mich gebührend bedanken konnte, gab er den Pferden den Befehl zum Losfahren und sogleich verfielen diese in einen gemütlichen Trab. Langsam entschwand das Gefährt meinen Blicken. Ich war zunächst gerettet!“

Mit großen Augen verfolgten die Umsitzenden den Bericht von Jakob. „Die Fortsetzung erzähle ich das nächste Mal. Morgen komme ich um dieselbe

Zeit wieder. Ich muss nämlich weiter, um nach meiner Schafherde zu sehen." Nachdem er noch einen Schluck frischer Limonade zu sich genommen hatte, ratterte er mit seinem Zweirad davon und hinterließ eine staunende, sprachlose Runde.

*

Hugos Frau Eliza und ihre Mutter haben den Bombenterror körperlich unbeschadet in ihrem unfreiwilligen Exil bei Bekannten in der Friedberger Straße überstanden.

Ende April sucht eine Gruppe von circa dreißig Augsburgern Kontakt zu den heranrückenden amerikanischen Streitkräften, um die Stadt vor weiterer Zerstörung, Kämpfen und Opfern zu bewahren. Die immer noch an den Endsieg glaubenden Nazis verweigern stur und blindgläubig die Übergabe der Stadt.

Die Mitglieder der Bewegung „Freiheit für Augsburg" lotsen die amerikanischen Soldaten am Morgen des 28. April zu einem für sie bekannten Haus, wo die Infanteristen den Stadtkommandanten, einen Generalmajor, und seinen Stab im Befehlsbunker festnehmen können. Die Stadt ist endlich vom der letzten braunen Terrorzelle befreit. Die Kunde verbreitet sich wie ein Lauffeuer durch die ganze Stadt.

Eliza und ihre Mutter machen sich sogleich nach der freudigen Kunde zu Fuß auf, um nach ihrem Haus und der Wäschefabrik zu sehen. Mit sehr gemischten Gefühlen kämpfen sie sich mühsam durch schuttüberhäufte Straßen. Die alliierten Bomber haben ganz Arbeit geleistet. Endlich kommen sie in die Maximilianstraße und sind zunächst sehr traurig beim Anblick der Zerstörung, vor allem des Obergeschoßes ihres Hauses. Sie sind aber froh darüber, dass zumindest die Grundmauern noch stehen. Beim mühsamen Gang durch die Trümmer entdecken sie, dass der Keller heil geblieben ist und sogar noch eine bescheidene Wohnmöglichkeit bietet. Sie machen sich sogleich wieder auf den Rückweg in ihre bisherige Bleibe. Dort packen sie die wenigen verbliebenen Habseligkeiten auf einen Handkarren und kehren in den Abendstunden in ihre eigentliche Heimat zurück. Ihre Bekannten versprechen ihnen jegliche Hilfe beim Wiederaufbau der Fabrik und des gesamten Gebäudekomplexes. Unter Tränen verabschieden sie sich von ihren Rettern in der Friedberger Straße, in der Hoffnung, dass der braune Terror und vor allem der Bombenkrieg endgültig vorbei sind.

Gerade rechtzeitig vor Eintritt des nächtlichen Ausgehverbots, das die Amerikaner nach Einnahme der Stadt verhängt haben, treffen sie in der Maximilianstraße ein. Sie richten sich notdürftig im Keller ein und gestalten die Behausung so gut es geht wohnlich aus. Gelagerte Stoffreste dienen als Abdeckung der beschädigten Möbel sowie als Tischdecke und Gardinen. Durch die Farbmuster gewinnt die kalte Räumlichkeit gleich eine gewisse Wärme. Gegen die langsam weichende Winterkälte schützen sie sich mit geretteter Winterkleidung und eben vielen Stoffschichten als wärmender Zudecke.

Zwei Tage später betreten sie das Rathaus. Dort begegnen sie freundlich grüßenden amerikanischen Soldaten. „Natürlich können Sie ihr altes Eigentum wieder in Besitz nehmen. Sie wurden ja zwangsweise vertrieben. Ein öffentlicher Erlass durch die amerikanische Stadtregierung wird in den nächsten Tagen bekannt gemacht", gibt ihnen ein freundlicher GI zur Antwort auf die Frage nach der Zukunft. Seine Gesichtszüge, seine schwarze Haarfarbe und vor allem das perfekte, aber amerikanisch eingefärbte Deutsch lassen die beiden Damen zu dem Schluss kommen, dass dieser freundliche Mensch wohl einst dem braunen Regime entkommen konnte und nun als Soldat in den Diensten der Befreier steht.

Überall in der Stadt ist in den folgenden Tagen reges Treiben zu beobachten. Junge und alte Menschen räumen die Trümmer zur Seite. Sogar manche Geschäfte öffnen wieder. Die Grundversorgung mit Lebensmitteln, die Wasserversorgung und die Bestattung der Toten kommt mit tatkräftiger Unterstützung der Befreier relativ rasch in Gang. Sogar einzelne Straßenbahnen nehmen den Betrieb wieder auf.

*

Am Rand der Stadt übernachten die einstigen KZ-Insassen im riesigen amerikanischen Soldaten-Camp. Nach dem Frühstück am folgenden Tag lassen sie sich in die Stadt bringen. Der eigens gebildete Konvoi hält auf dem Rathausplatz. Mit klopfenden Herzen springen die uniformierten ehemaligen Häftlinge ab, recken und strecken sich und blicken unsicher um sich. Die Angriffe der alliierten Bomber zeigen eine verheerende Wirkung. Weiß und Baldauf verständigen sich mit dem Offizier, dass sie zunächst in der Maximilianstraße nach dem Zustand Hugos Haus mit der ehemaligen Fabrik sehen wollen. Die anderen Kameraden schließen sich an.

Beim Anblick des zerstörten Gebäudes beginnt Hugo Weiß zu weinen. Er schüttelt nur den Kopf und meint: „Dass ich das noch erleben darf! Ich in der alten Heimat vor meinem Haus! Der Krieg ist verloren, aber, Kameraden, wir leben und das ist das Wichtigste. Das Haus mit der Fabrik lässt sich wieder aufbauen, der Terror ist vorüber!"

Sie steigen über die Trümmer und die noch relativ intakte Treppe zum ersten Stock hoch. Plötzlich hören sie Stimmen aus dem Kellergeschoß. Eine vertraute Stimme ruft: "Was wollen Sie hier? Das ist unser Haus! Kommen Sie bitte herunter, vielleicht können wir ihnen helfen!" Sofort stürzt Hugo die Treppe hinunter und steht im Erdgeschoß unmittelbar seiner Frau gegenüber. „Hugo, Du? Hugo, Du lebst?" Schon liegen sich beide weinend in den Armen und lassen sich nicht mehr los. Hugo schiebt sie kurz von sich weg und hält sie an den Schultern, um sie einfach nur anzuschauen. Im Tränenschleier erblickt er auch seine Schwiegermutter, die aus dem Keller geeilt kommt und schließt auch sie in seine Arme. Die Kameraden werden stumme Zeugen einer Wiedersehensszene, wie sie diese auch für sich persönlich wünschen. „Das ist meine Frau Eliza, hier meine Schwiegermutter", wendet sich Hugo mit belegter Stimme an seine Begleiter. Beide Frauen werden in die Arme genommen und fest gedrückt. „Wundert euch nicht über unser Aussehen! Amerikanische Freunde haben uns gerettet. Ich bin Simon Goldschmid aus meinem Heimatdorf auf unserer

„Heimreise" begegnet. Er hat uns in amerikanische Uniformen gesteckt, so dass wir den Weg in die Heimat unbeschadet überstehen konnten. Wir haben wunderbare Menschen gefunden, denen wir verdanken, dass wir jetzt hier sein können." Sichtlich wieder von ihrem Schock erholt ruft Eliza mit freudiger Stimme aus: „Ihr kommt jetzt alle mal mit in den Keller in unser komfortables Appartement! Ihr müsst zuerst etwas essen und erzählen, erzählen…! Morgen werden wir dann sehen, dass jeder von euch ordentliche Zivilkleidung bekommt. Denn noch am Vormittag gehen wir zusammen aufs Rathaus zur Militärverwaltung. Da erwartet euch wahrscheinlich eine neue Überraschung."

*

Mit im letzten Transportzug nach Theresienstadt sitzt der Augsburger Rechtsanwalt Ludwig Dreibein. Mit Weiß hat er während der Lagerhaft keinen Kontakt. Er überlebt aber das Lager und kehrt nach der Befreiung auf Umwegen nach Augsburg zurück. Am 1. September 1945 wird er von den Amerikanern in das Amt des Oberbürgermeisters eingesetzt. Er wird zudem Mitglied der „Jüdischen Vereinigung", die sich um Entschädigungen für von den Nürnberger Rassegesetzen Betroffene kümmert.

Die fünf nun in zivil gekleideten ehemaligen Häftlinge nehmen am nächsten Tag zusammen mit Eliza Weiß den Weg zum Rathaus. Mit völlig neuem Lebensgefühl gehen sie an hastenden Menschen vorüber, die zum Teil den Schutt wegräumen oder sich einfach ihren Weg zum Überleben suchen. Andere suchen in den Trümmern nach Essbarem oder Wiederverwertbarem sowie wertvollem Brennholz.

Im Rathaus empfängt sie ein amerikanischer Offizier, der sie zunächst misstrauisch beäugt, dann aber übers ganze Gesicht strahlt, als er die Männer wieder erkennt. Er hatte sie ja als Dolmetscher und Betreuer von der böhmischen Grenze nach Augsburg begleitet. „Hallo, Kameraden, schön euch wiederzusehen! Ich führe euch in das entsprechende Büro, damit Ihr neue Papiere bekommt und euch als freie Bürger in der Stadt bewegen könnt!" Beim Eintritt in das Büro im ersten Stock des Rathauses hört Weiß schon eine bekannte Stimme, die ihn sofort freudestrahlend empfängt: „Ja Hugo, dass ich Dich wieder sehe! Du lebst und bist wieder daheim! Wunderbar! Wunderbar! Jetzt können wir wieder loslegen und unsere Heimatstadt neu aufbauen! Wir brauchen Männer wie Dich: tatkräftig, zuverlässig, zupackend, entscheidungsfreudig, durchsetzungsfähig und politisch interessiert!"

Hinter einem großen Schreibtisch sitzt Ludwig Dreibein, ein Glaubensgenosse von Hugo Weiß, Rechtsanwalt, von den Nazis verfolgt und nach Theresienstadt deportiert. Hugo stellt seine vier Kameraden vor und erzählt von ihrer wunderbaren Rettung. „Kameraden, wie kann ich Euch helfen? Ich kann dafür sorgen, dass Ihr alle in Eure Heimatorte zurückkehren könnt, falls Ihr diese Orte noch als Eure Heimat seht." Baldauf ergreift als erster das Wort und stellt mit klaren Worten fest: „In meiner früheren Heimatgemeinde gibt es keine Juden mehr. Die Synagoge wurde 1938 geschändet, unser Eigentum konfisziert. Jetzt sitzen ehemalige Nazis in unseren Häusern. Aber: Ich möchte Wiedergutmachung, möchte das Eigentum meiner Väter zurück und möchte Ihnen vor allem ihren Namen und die geraubte Würde zurückgeben! Dazu brauche ich einflussreiche Helfer, dazu brauche ich Freunde, aber ich werde selbst kräftig mit anpacken. Ich möchte zunächst bei Familie Weiß bleiben und sie beim Aufbau ihrer Wäschefabrik unterstützen und wenn sie mich gebrauchen kann, auch meinen Lebensunterhalt ehrlich mit meiner Hände Arbeit verdienen." Das Funkeln in seinen Augen verrät seine Entschlossenheit und neu erwachtes Selbstbewusstsein. Die drei Begleiter signalisieren, dass sie zunächst in Richtung München wollen, um in der ehemaligen Heimat nachzusehen, ob dort überhaupt noch die Chance für einen Neuanfang besteht. Mit dem festen

Vorsatz sobald wie möglich wieder in Kontakt zu treten, trennen sich die Wege der „Schicksalsgemeinschaft".

*

Schon am nächsten Tag führt Hugo und seine Frau der Weg zur großen Synagoge in Bahnhofsnähe. Auch dieses Bauwerk zeigt noch die Spuren der Pogromnacht vom 9. November 1938. Die Nebengebäude sind relativ gut erhalten und bieten die Möglichkeit für einen Versammlungsraum der überlebenden Augsburger Juden. Hugo, noch an erheblichen Verdauungsstörungen durch die Mangelernährung im Lager leidend, zeigt sich zum ersten Mal seit der Ankunft in seiner Heimatstadt Augsburg sehr traurig, fast depressiv ob der riesigen Herausforderungen des Wiederaufbaus, der in der nahen Zukunft trotz aller Unterstützung durch die Alliierten wohl alle Kräfte erfordern würde. „Liebe Eliza, ich muss Dir ein Geheimnis anvertrauen, das ich schon seit längerer Zeit mit mir herumschleppe: Ich möchte, dass wir beide und Mutter in die USA auswandern. Es waren unsere deutschen Landsleute, die uns gequält, entwürdigt, beraubt und unsere Daseinsberechtigung infrage gestellt haben. Kann ich je wieder einem deutschen Nichtjuden vertrauen? Können wir in Zukunft unseren Glauben frei bekennen und leben? In den USA würde uns ein Leben in absoluter

Glaubensfreiheit und mit riesigen wirtschaftlichen Möglichkeiten erwarten." Sehr betroffen blickt ihm seine Frau in die Augen, in denen das Feuer erloschen ist. „Mein lieber Mann, ich verstehe Deine Zweifel und Deine Sorgen. Ich verstehe auch, dass Du gerechte Sühne für die grausamen Verbrechen des Hitler-Staates verlangst. Ich verstehe Deine Verbitterung ob des Leidensweges hier in Augsburg und im KZ. Aber ich glaube, gerade wir haben jetzt die verdammte Pflicht und Schuldigkeit, vor aller Welt das erlittene Unrecht anzuprangern und anzuklagen. Die Schuldigen dürfen nicht einfach so davonkommen. Die Wahrheit muss auf den Tisch. Wir haben auch eine riesige Verantwortung unseren Glaubensbrüdern und –schwestern gegenüber, dass sie wieder Fuß fassen können. Wir müssen zusammen die Synagoge wieder errichten. Wir müssen die Überlebenden wieder zusammenführen und Ihnen neuen Mut geben. Und wir müssen uns wieder wirtschaftlich auf eigene Beine stellen, d. h. unsere Fabrik neu aufzubauen, wieder Wäsche produzieren und Menschen Arbeit und Brot geben."

Mit einem solchen flammenden Plädoyer hat Hugo nicht gerechnet. „Meine liebe Eliza, wenn ich Dich nicht wieder gefunden hätte, wäre mein Entschluss jetzt schon in die Tat umgesetzt. Simon Goldschmid hätte mich mit all seinen Beziehungen und Möglichkeiten nach Kräften für einen Neustart

im „Land der unbegrenzten Möglichkeiten" unter-
stützt. Doch ich habe Dich wieder gefunden und Du
hast mich überzeugt, dass unser gemeinsamer Platz
hier in Augsburg ist. Es gibt unheimlich viel zu
tun…" Sich an den Händen fassend und mit einem
kräftigen Kuss besiegeln die beiden an der alten
Glaubensstätte ihren Start in ein neues Leben.

Auf dem Rückweg ins Stadtzentrum begegnen
sie unverhofft zwei vertrauten Menschen: Ludwig
Dreibein und seiner Frau Emma. Nach einer freudigen Begrüßung ergreift Dreibein sofort das Wort,
um Hugo und seine Frau noch etwas aufzuhalten,
denn die beiden drängen sichtlich vorwärts. „Liebe
Eliza , lieber Hugo, gut, dass ich Euch treffe. Wir
dürfen jetzt nicht nur an uns denken, sondern an die
überlebenden Glaubensgenossen, die schnell wieder
eine neue religiöse Heimat brauchen. Dazu müssen
wir an den Neuaufbau unserer Gemeinde denken:
ideell und praktisch. Das heißt, wir müssen einen
Aufruf für ein gemeinsames Treffen der Überlebenden organisieren und dabei signalisieren, dass wir
beide zusammen mit unseren Frauen das Heft in die
Hand nehmen werden. Das erste Treffen könnte am
nächsten Sabbat nach dem Gottesdienst im oberen
Flöz des Rathauses stattfinden. Die amerikanische
Stadtführung wird uns dabei kräftig unterstützen,
denn ich habe herausgefunden, dass sich bei den
amerikanischen Streitkräften viele zum jüdischen

Glauben bekennen. Ein hoher Vertreter der amerikanischen Stadtregierung hat mich gestern gebeten, ab 1. September kommissarisch das Amt des Oberbürgermeisters zu übernehmen. Nach kurzer Überlegung habe ich zugesagt, denn ich möchte nicht nur zum Wiederaufbau unserer Stadt beitragen, sondern auch für eine Staatsform und eine neue Verfassung kämpfen. Und ganz wichtig: Es geht auch um Wiedergutmachung für uns persönlich und unsere Glaubensgenossen. Dafür brauche ich zuverlässige, engagierte Mitstreiter."

Hugo Weiß und seine Frau schauen sich überrascht an, denn so viel Zukunftsvision auf einmal klingt fast utopisch, aber herausfordernd. Wie aus einem Mund rufen beide: „Ja, Du kannst auf uns zählen, wir sind dabei!" Mit einem kräftigen Händedruck und einer innigen Umarmung gehen sie auseinander, sich noch freudig nachwinkend. „Siehst Du, Hugo, jetzt brauchen wir Patriotismus und Ehrgeiz, jetzt liegt es an uns, wie es in unserem Land und in unserer Stadt weitergeht." Alle Wehmut, alles Zweifeln, alle Depression sind bei Hugo plötzlich wie weggeblasen und beide streben wie zwei junge Verliebte ihrem Heim in der Maximilianstraße zu.

Nathan Baldauf sitzt, genüsslich eine Zigarette rauchend, auf einem Stein vor dem Haupteingang zur Fabrik. Beim Anblick der beiden Ankömmlinge

erhebt er sich und ruft ihnen freudestrahlend zu:
„Der Fahrer eines amerikanischen Jeeps hat mehrere
Kisten Zigaretten abgegeben, dazu mehrere Schachteln mit Schokolade, Zucker, Keksen, Konserven
und Backwaren. Die Whiskyflaschen lässt er zunächst unerwähnt, da er die Hausfrau nicht gleich
mit einer zu erwartenden Alkoholorgie schocken
will. „Mehrere Kartons mit der Aufschrift
„Redvine" habe ich bereits in den Keller gebracht.
Ich glaube, jetzt haben wir die wichtigsten Voraus-
setzungen für eine zünftige Sabbatfeier am kommenden Freitag bekommen", ruft Nathan freudestrahlend aus. „Bitte komm mit in unsere Kellerwoh-
nung, wir haben viel zu besprechen", drängt Hugo
ganz ungeduldig, „wir müssen einen Plan machen,
was wir in allernächster Zeit in Angriff nehmen wollen. Wichtig ist auch eine Strategie, wie wir vorgehen und welche Personen wir mit in unsere Aktivi-
täten mit einbeziehen." Von Hugos Elan sieht sich
Nathan total überfahren. Seine Hoffnung auf einen
allmählichen, langsam fortschreitenden Wiederaufbau, begleitet von einem Hauch von „dolce vita"
muss er nun begraben. Als ihm Weiß von seiner Begegnung mit Dreifuß berichtet, wird auch er von einem Aufbruchfieber erfasst, das dem Leben von
Heute auf Morgen einen ganz neuen Sinn gibt.

*

Nach vier Tagen, es ist der Tag des Sabbat, hört Hugo Weiß während des Frühstücks ein heftiges Pochen an der Haustüre. Alle am Tisch Sitzenden zucken zusammen, denn das heftige Klopfen an der Türe am Tag der Ausweisung aus dem eigenen Haus steckt immer noch im Unterbewusstsein und lässt sich wohl nie ganz vergessen. Als der Hausherr öffnet, stehen drei abgemagerte, nicht gerade gepflegt aussehende Gestalten auf dem Gehweg: die Kameraden, die vor einer Woche nach Hause aufgebrochen waren, um nach dem Rechten zu sehen. „Wir sind, wie Du siehst, wieder da. Unsere Verwandten gibt es nicht mehr, in unseren Häusern leben mittlerweile andere Familien, wir sind heimatlos. Hugo, wir kommen auf Dein Angebot zurück, dass Du uns immer helfen wirst, wenn wir in Not sind. Aber wir haben auch etwas zu bieten", bemerkt der Wortführer des Trios, „wir können arbeiten, am liebsten in Deiner Fabrik. Wir haben nur unser nacktes Leben und die lumpigen Kleider am Leib. Aber zusammen können wir einen Neustart hinlegen. Wir tun alles für unser tägliches Brot und freie Logis. Du bist unsere einzige Hoffnung." Mittlerweile haben sich auch Eliza und Nathan zur Türe gewagt, denn irgendwie kommen Nathan die Stimmen bekannt vor. „Ich glaub' es nicht, Kameraden, Ihr seid wieder da! Ich bin zwar nicht der Hausherr, aber kommt herein und esst mit, das Wiedersehen muss gefeiert werden! Hugo, auf die kannst Du Dich blind verlassen, dafür bürge ich mit meinem Leben", ruft Nathan unter Tränen aus. Damit wird dieser Sabbat zu einem Festtag.

Sogleich sorgt Eliza für neue Hosen, Jacken und frische Unterwäsche und am Mittagstisch sitzt nun die erneuerte Schicksalsgemeinschaft fast festtäglich gekleidet fröhlich plaudernd zusammen. „Kameraden, ich lade Euch ein: Wir gehen heute Vormittag noch gemeinsam zur Synagoge. In einem Raum feiern die Überlebenden unserer Gemeinde Gottesdienst und Ihr gehört ab sofort dazu. Wir können jedes Mitglied gebrauchen, denn das gesamte Zentrum muss wieder aufgebaut werden." Jetzt lassen die „neuen" Kameraden ihren Tränen freien Lauf. „Hugo, Nathan, wir wissen nicht, wie wir euch danken können. Aber wir tun alles, um euch nicht zu enttäuschen", ruft der Wortführer aus. „Wir sind jetzt eine Familie. Da gibt es Verpflichtungen, aber jeder ist ein freier Mensch. Im Betrieb, in der Synagoge, bekommt jeder seinen festen Platz und wenn wir das Haus wieder aufgebaut haben, bekommt jeder auch sein eigenes Zimmer. Für unser leibliches Wohl sorgen Eliza und ihre Mutter. Und wenn einer eine eigene Familie gründen will, steht dem nichts im Wege. Ihr habt mein Wort!" stellt Hugo abschließend fest.

Nach dem Gottesdienst gibt der Rabbiner bekannt, dass es an der Zeit sei, die Gemeinde neu zu organisieren, denn schließlich müsse ein Vorstandsgremium das Heft in die Hand nehmen und alle Maßnahmen, die anstehen, organisieren und vor allem koordinieren. Plötzlich sieht Hugo Weiß alle Blicke auf sich gerichtet und ahnt, was das zu bedeuten hat. „Gut, ihr Glaubensgenossen, ich verstehe. Aber wenn ich das Amt des Gemeindevorstehers übernehmen soll, müsst Ihr auch meine vier Assistenten akzeptieren. Ich ernenne somit Nathan zu meinem Stellvertreter und die drei anderen Kameraden zu weiteren Entscheidungsträgern. Wir haben gemeinsam das Lager Theresienstadt überlebt, wir haben uns zusammen nach Hause durchgeschlagen, wir gehören unzertrennlich zusammen. Uns gibt es nur im Fünferpack!" Unmittelbar nach diesem flammenden Plädoyer bricht ein Beifallssturm los, wie ihn das jüdische Zentrum seit seinem Bestehen noch nie erlebt hat. Alle wollen Hugo und seinen Kameraden die Hand schütteln, denn die Gemeinde ist damit neu konstituiert. Nachdem sich alle Anwesenden bekannt gemacht haben, brechen Hugo und die Kameraden in die Maximilianstraße auf.

Kaum kommen sie in Sichtweise ihrer Bleibe, kommt ihnen Eliza ganz aufgeregt entgegen. „Der amerikanische Stadtkommandant und Ludwig Dreibein waren da und wollten Dich unbedingt sprechen.

Sie erwarten Dich und Nathan noch heute im Rathaus."

Etwas innerlich beunruhigt machen sich Hugo und Nathan nach dem verspäteten Mittagessen auf den Weg zur Kommandantur. Eine vertraute Stimme ruft nach einem vorsichtigen Anklopfen „Herein!" Dreibein und der amerikanische Kommandant sowie Simon Goldsmith sitzen an einem runden Tisch, jeweils eine dicke Zigarre rauchend und vor sich ein gefülltes Glas mit Whisky. „Freunde, wie wunderbar, dass ich Euch wiedersehe", kommt Simon freudestrahlend auf die beiden Ankömmlinge zu, „setzt Euch zu uns, wir haben sehr wichtige Dinge zu besprechen. Bedient Euch an der Zigarrenkiste und schenkt Euch Whisky ein, so viel Ihr wollt!" Hugo und Nathan begrüßen Dreibein und den Officer und umarmen wie alte Freunde, die sich seit langem nicht mehr gesehen haben, ihren amerikanischen Retter. „Auf die neue Zeit!" ruft Dreibein und animiert die anderen in der Runde zu einem kräftigen Toast. „Jetzt aber zur Sache", ergreift der designierte Oberbürgermeister das Wort, „wir sind nicht zum Vergnügen hier, denn Goldsmith hat uns eine sehr interessante Botschaft mitgebracht! Mister Goldsmith, übernehmen Sie das Wort!" Nathans und Hugos Nerven sind zum Zerreißen gespannt.

„Uns Amerikanern ist es ungemein wichtig, die Deutschen zu Demokraten umzuerziehen. Uns ist es aber genauso wichtig, für mich persönlich sogar noch bedeutsamer, das Unrecht, das uns Juden von Hitler und seiner Helferbande angetan wurde, zu sühnen. Die Hauptverantwortlichen werden in einem großen Prozess in Nürnberg zur Rechenschaft gezogen und dann hoffentlich ihrer gerechten Strafe zugeführt werden. Wir haben die Hauptübeltäter festnehmen können. Vor allem Göring, Heß und Keitel konnten wir als prominente Anführer der braunen Verbrecherbande dingfest machen. In Nürnberg wird ihnen der Prozess gemacht werden. Unser Präsident Roosevelt hat schon während des Krieges eine Organisation ins Leben gerufen, die sich um die Rückgabe des einstigen jüdischen Eigentums kümmern soll. Die ermordeten Menschen können nicht mehr lebendig gemacht werden, aber das, was die braunen Machthaber und ihre Helfershelfer an Eigentum geraubt haben, muss bezahlt oder wieder an die einstigen Eigentümer bzw. ihre Nachfahren zurück erstattet werden. Die Organisation trägt den Namen

„JEWISH RESTITUTION SUCCESSOR ORGANISAZATION".

Diese Organisation gliedert sich in Unterabteilungen wie das „Bayerische Landesentschädigungsamt" und hierarchisch untergeordnet in die ‚Wiedergutmachungsbehörde Schwaben'. Lieber Hugo, wir ernennen Dich als den leitenden Vertreter der JRSO auf der Ebene Schwabens. Du hast die nötige Autorität und den nötigen Intellekt, um unseren Glaubensgenossen wieder zu ihrem Recht zu verhelfen. Du musst Dich nicht um Kleinkram kümmern. Dafür bekommst Du einen Mitarbeiterstab, der sich einerseits aus amerikanischen Fachkräften und deutschen zivilen Mitarbeitern zusammensetzt. Das Büro wird hier im Augsburger Rathaus eingerichtet, damit du einen kurzen Weg ins Büro hast. Ich weiß, dass du dich vielleicht sogar überrumpelt fühlst, aber wir brauchen dich, zumal wir wissen, dass du für den Wiederaufbau Deiner Fabrik und der jüdischen Gemeinde einen sehr tüchtigen Assistenten hast. Wie ich gehört habe, seid Ihr als Schicksalskameraden zusammengeblieben. Das ist für uns ein glücklicher Umstand. Wenn du irgendetwas brauchst, privat oder dienstlich, lasse es mich wissen. du und deine Kameraden werden alles bekommen! Eure Anliegen haben bei mir und bei Dreibein oberste Priorität. Jetzt muss ich mich leider empfehlen, denn ich muss weiter nach München in unser Hauptquartier. Macht's gut und gutes Gelingen! Shalom!"

Hugo Weiß und auch Nathan Baldauf sind so überrascht, dass ihnen der Mund offen bleibt. Weiß wird kreidebleich, legt die Zigarre in den Aschenbecher und schiebt das Whiskyglas zur Seite. Er fühlt sich auf der einen Seite unwahrscheinlich geehrt, auf der anderen Seite aber spürt er die ungeheure Last und die damit verbundene Verantwortung, die an diesem einen Tag auf seinen Schultern abgeladen werden.

„Meine lieben Freunde, mir bleibt wohl keine andere Wahl als das Amt anzunehmen. Erlittenes Unrecht muss gesühnt werden. Und wenn ich schon Hilfe und Unterstützung von allen Seiten erwarten darf, so glaube ich, können wir es gemeinsam schaffen. Aber es wird sicherlich nicht leicht." Er spricht sehr leise und betont und gibt damit dem Augenblick eine besondere Weihe.

So langsam löst sich die knisternde Spannung im rauchigen Raum. „Nathan, du bist für mich gegenüber meiner Frau der wichtigste Zeuge für unseren ‚Augsburger Rütlischwur'. Du wirst ab sofort zum Geschäftsführer in meiner Fabrik ernannt, denn nur zusammen können wir unsere schwere Last tragen." Mit diesen Worten gibt Weiß dem Schwur eine zusätzliche Note, denn für ihn ist klar, dass er persönlich und wirtschaftlich wieder schnell auf die Beine kommen muss, ihm ist aber auch klar, dass er jetzt an vielen Fronten gebraucht wird. Mit einem kräftigen Toast wird der Bund besiegelt.

Mit neuem gestärkten Selbstbewusstsein machen sich Hugo und Nathan auf dem Heimweg: Vor Monaten noch im KZ gequält, geschunden, entwürdigt und jetzt am Schalthebel der Macht! Eliza empfängt die beiden mit größter Neugier. „Nathan wird dir berichten. Ich muss noch einmal zur Synagoge! Dreibein braucht mich!" ruft Hugo ihr zu und versucht damit sein schlechtes Gewissen der Frau gegenüber zu beruhigen.

Als Nathan mit seinem Bericht fertig ist, meint Eliza: „Ich hab's befürchtet. Ich weiß, dass ich ihn nicht aufhalten kann. Zusammen werden wir die Belastung meistern!" Sie gibt Nathan die Hand und meint: „Vielen Dank, dass du mir gegenüber so ehrlich bist." Sie drückt ihm einen heftigen Kuss auf die rechte Wange und besiegelt damit einen Bund, in dem auch sie künftig eine tragende Rolle spielen will.

*

Mit großem Eifer stürzt sich Hugo Weiß in seine Aufgaben. Wichtig für ihn ist die Knüpfung eines Netzes, in dem wichtige Vertraute Verantwortung übernehmen, denn er sieht sehr wohl die Gefahr, sich zu verzetteln. Die Fäden müssen jedoch bei ihm zusammenlaufen. Deshalb beraumt er für jeden ersten und vierten Wochentag eine Jour-Fix-Konferenz an, wo er mit dem jeweiligen Verantwortlichen die anstehenden Probleme bespricht. Somit kann er seine Zeitressourcen organisieren und ist doch auf der Höhe des aktuellen Geschehens. Seine wichtigste Stütze ist ihm seine Ehefrau, die sich vor allem zusammen mit Nathan Baldauf um den Wiederaufbau der Wäschefabrik kümmert. Durch ihre sehr guten Englischkenntnisse gelingt es ihr, die Hilfe der amerikanischen Verwaltungsbehörden zu gewinnen und diese auch zu instrumentalisieren. Entsprechendes Baumaterial ist nicht einfach zu beschaffen und Fachkräfte sind nur schwer zu finden. Der Krieg hat gerade bei der männlichen Bevölkerung einen sehr hohen Blutzoll gefordert und viele ehemalige Soldaten leiden noch als Kriegsgefangene in den Lagern der Siegermächte. Hugo arbeitet fieberhaft am Wiederaufbau der religiösen Gemeinde und ist als schwäbischer Beauftragter der JRSO viel unterwegs. Dafür steht ihm auch ein komfortabler Dienstwagen zur Verfügung, den die Amerikaner bei einer Nazi-Größe konfiszierten.

Eine seiner Dienstreisen führt ihn eines Tages in seine frühere Heimatgemeinde. Dort nimmt er das einstige Haus mit Gartengrundstück seiner Familie wieder in Besitz. Der vorausgehende Briefverkehr mit dem Bürgermeister gestaltete sich nicht sehr erfreulich, da er feststellen musste, dass es dieselbe Person ist, die die Gemeinde während der Nazi-Diktatur geleitet hatte. Das Gemeindeoberhaupt war zusammen mit seiner Frau bekannt im „Sich Selbst-Bedienen" am jüdischen Eigentum bei den Enteignungsvorgängen in den 1930er Jahren. Im Dorf lief damals das Gerücht, dass das Haus des Bürgermeisters nie einfallen könne, da es bis unters Dach vollgesteckt sei mit Beutegut aus ehemaligem jüdischem Besitz.

Hugo, der natürlich von den amerikanischen Behörden mit allen Vollmachten ausgestattet ist, legt gleich zu Beginn der Auseinandersetzung dem Bürgermeister unmissverständlich klar, dass dieser sich seinen Anweisungen ohne Wenn und Aber sofort zu fügen habe. Fadenscheinige Entschuldigungen vorbringend windet sich das Gemeindeoberhaupt in allen vorangehenden Schreiben, dass er ja gezwungen wurde, die Anweisungen der braunen Machthaber zu befolgen. Jetzt bekommt er zusätzlich ein Imageproblem.

Im Dorf war er vor dem Krieg als sehr eifriger brauner Helfershelfer bekannt und nur mangels einer geeigneten Person und vielen Tricks bei der Entnazifizierung, bei der auch der örtliche Pfarrer kräftig mithalf, ist er wieder ins Amt gewählt worden. „Du kasch reda, Du muasch des mea macha! Du woisch, wia des goht!" skandierten die ehemaligen Hitler-Sympathisanten, als ein neuer Bürgermeister gesucht wurde. Trotz durchgeführter Entnazifizierung gelingt es vielen ehemaligen Braunhemden, im Dorf wieder das Meinungsbild zu bestimmen. Manche haben ihre offizielle Gesinnung wie die tägliche Wäsche gewechselt und sich selbst sogar zum Opfer hochstilisiert.

Und jetzt diktiert ein Jude aus dem Dorf dem Gemeindeoberhaupt, wie er sich ihm gegenüber zu verhalten hat! Nicht wenige Dorfbewohner aber verspüren nun eine gewisse Genugtuung, da manche „Schwarze" unter der Ägide des braunen Bürgermeisters nichts zu lachen hatten und sich ständigen Repressalien ausgesetzt sahen. Vor allem während der Kriegszeit waren immer wieder Arbeitsdienste oder Aushilfsdienste, vorwiegend für junge Frauen, im Dorf angeordnet worden, die es unvermittelt zu befolgen galt. Die Frauen mussten bei den größeren Bauern, deren Söhne im Feld waren, die Stallarbeit verrichten und bei der Ernte mithelfen. Nicht selten betrachteten die Bauern die wehrlosen Gehilfinnen als Freiwild. Bei eingetretener Schwangerschaft wurden sie von ihren Verführern schmachvoll sitzen gelassen, bekamen Schweigegeld oder wurden zur

Abtreibung gezwungen. Die Gebrandmarkten mussten furchtbare Demütigungen erleben und fanden oft den einzigen Überlebenssinn in der Verantwortung ihren, wenn auch ungewollten Kindern gegenüber.

Mit Entsetzen stellt Weiß bei seiner ersten Inspektionsreise fest, dass in seinem früheren Haus eine Familie wohnt, deren Oberhaupt schon zu Beginn der 1930er Jahre den „Führer" glühend verehrte und sich sofort der Bewegung andiente. Bei den ständigen Sticheleien gegenüber den jüdischen Bürgerinnen und Bürgern war der Mann stets beteiligt und machte aus seiner Meinung, dass unwertes Leben vernichtet werden müsse, keinen Hehl. Lediglich seine Frau, die sich um vier Kinder kümmern musste, war insgeheim eine praktizierende Christin und hatte unter den Wutanfällen ihres Mannes erheblich zu leiden.

Als Hugo das einstige Heim seiner Familie betritt, drängen sich die Kinder in die Ecke, auch die Mutter sitzt mit verängstigtem Blick auf einem zerschlissenen Sofa. Der Vater verdrängt sein unsicheres Gefühl, indem er versucht, möglichst selbstbewusst aufzutreten. Doch der alte und neue Eigentümer kontert mit klaren Worten: „Binnen einer Woche haben Sie das Haus zu räumen und das meine ich todernst. Sie wissen ja wie es ist, wenn man seines Eigentums schlagartig beraubt wird und nicht

weiß, wie es weitergehen soll. Wenden Sie sich an
den Bürgermeister, mit dem Sie ja immer sehr gut
konnten, um eine neue Bleibe zu finden. Beschmut-
zen Sie bitte nicht weiterhin fremdes jüdisches Eigentum. Für die Kinder und die Frau tut es mir leid,
aber meine Glaubensgenossen haben Sie ja früher
auch nicht interessiert, im Gegenteil: Sie haben Sie
entwürdigt, enteignet, drangsaliert und in den Tod
getrieben! Sollten Sie meiner Anordnung nicht
Folge leisten, wird durch die Amerikaner eine
Zwangsräumung vorgenommen und Sie selbst ganz
sicher verhaftet. Auch ich habe im Ersten Weltkrieg
meinem Vaterland gedient und Ihr habt unsere
Würde und unsere Ehre in den Schmutz gezogen.
Stellen Sie sich der Verantwortung, wenn Sie noch
einen winzigen Funken Charakter haben!" Der
Hausvater erkennt sehr rasch, dass er keine Chance
hat, der Anordnung zu entkommen, sondern für die
Familie ganz schnell ein neues Zuhause suchen
muss.

Emotional sehr erregt verlässt Weiß das Haus und
fährt wieder zurück nach Augsburg.

In der Folgezeit merkt er immer deutlicher, dass
er die persönliche Vergangenheit nicht abschütteln
kann, sondern auch diese verarbeiten muss. Vor allem das Schicksal seiner drei Schwestern holt ihn
immer wieder ein. Sehr traurig sitzt er oft an seinem

Schreibtisch und betrachtet die Fotos der Geschwister. „Ein solches Verbrechen unserem Volk gegenüber darf nie wieder geschehen. Ich werde alle meine Kräfte dafür einsetzen, dass der Tod der vielen Unschuldigen gesühnt wird. Und ich werde alles dafür tun, dass die Verbrecher zur Rechenschaft gezogen werden", betont er gegenüber seinen Vertrauten beim gemeinsamen Sedermahl zum Pessachfest des Jahres 1946. Diesen persönlichen Schwur untermauert er mit entsprechenden Versen aus der Thora und gibt dem Ereignis eine weihevolle Würde. Mit den Worten „Ich hoffe nur, dass ich eines Tages unseren Schächern wirklich verzeihen kann", setzt er einen unerwartet versöhnlichen Schlussakkord zum Abschluss des festlichen Rituals.

*

Über seine längst leer gelöffelte Kaffeeschüssel gebeugt sitzt Adolf Höllerer am Frühstückstisch und starrt ins Leere. Das Gesicht des einstigen Ortsgruppenleiters wirkt bleich und eingefallen. Die zerschlissene Jacke ist viel zu weit geworden und hängt ganz lose an seinem Körper. Er trägt eine geflickte, abgeschabte Hose, die Füße stecken in ausgetretenen Filzpantoffeln. Der Oberlippenbart ist abrasiert; den inzwischen kahl gewordenen Schädel umgibt lediglich ein grauer Haarkranz.

Das Bild des großen „Führers", seines einstigen Idols, ist längst von der Wand verschwunden. Stattdessen hängt das Kreuz wieder an seinem früheren Platz. Darunter befinden sich zwei große Fotographien der beiden Söhne. Heinrich trägt den schwarzen Kragenspiegel der SS und die Rangabzeichen eines Oberscharführers. Zwei gegenüber liegende Ecken des Rahmens werden durch ein schwarzes Band gebrochen. Der handschriftliche Aufkleber am rechten unteren Rand erinnert die Eltern an die schlimmste Nachricht, die sie in ihrem Eheleben erfahren mussten:

Heinrich, 24 Jahre, am 12. Dezember 1944 in Russland gefallen +

Daneben blickt dem Betrachter ein junger Mann in Wehrmachtsuniform entgegen. Der Kragenspiegel und das Rangabzeichen kennzeichnen ihn als Unteroffizier der Artillerie. An der linken unteren Ecke ist ein Aufkleber mit folgender Inschrift angebracht:

Hermann, 20 Jahre, seit 1943 bei Stalingrad vermisst.

Die Mutter der beiden Söhne, mittlerweile gram-gebeugt, steht am Seitentisch und bereitet ein be-scheidenes Mittagsmahl vor. Auf dem Herd läuft das siedende Wasser über den Kochtopfrand und ver-sprüht zischende Laute in der schweigsamen Stille. Seit der Zeit, als der Postbote die vernichtende Nachricht vom Tod des älteren Sohnes überbrachte, ist das gemeinsame Gespräch der Eheleute im Hause Höllerer zunehmend verstummt.

Mit fortschreitender Kriegsdauer war die Rolle des einstigen stolzen Ortsgruppenleiters zur Bedeu-tungslosigkeit verkommen. Die sich häufenden Nachrichten von gefallenen jungen Männern aus dem Dorf ließen selbst die hartgesottenen, auf abso-luten Kadavergehorsam getrimmten Braunhemden allmählich an ihrer Vision zweifeln. Wenngleich die Wochenschauen noch immer den Endsieg propa-gierten und der Propagandaminister neue bevorste-hende massive Gegenoffensiven ankündigte, verlo-ren die Menschen mehr und mehr den Glauben an die großspurigen Versprechungen, da ihnen die To-desnachrichten die Sinnlosigkeit dieses Vernich-tungskrieges erst richtig bewusst machten.

Der Verlust der beiden Söhne bewirkte selbst bei Adolf Höllerer ein allmähliches Umdenken und Hin-terfragen der Sinnhaftigkeit dieses Krieges, der ihm das Liebste und Teuerste genommen hat. Als die

Nachrichten von der Landung der Alliierten in der Normandie über den englischen Sender BBC in den Äther schwangen, fiel bei vielen Deutschen einerseits rapide der Glaube an die Heilsbotschaft der Naziideologie, andererseits aber wuchs die Hoffnung auf ein baldiges Ende des Krieges und des Naziterrors. Trotz der ständigen Gefahr, entdeckt und verhaftet zu werden, ließen sich interessierte Bürger diese Nachrichtenquelle nicht entgehen.

Längst waren die jüdischen Bewohner des Dorfes verschwunden, als Feindbild der „Braunen" blieben lediglich die „Schwarzen" im Dorf. Doch wurden die Waffen der Hitlertreuen allmählich stumpf, der Tod vieler junger Männer bildete das beste Argument gegen die Lehren und Aktionen der Parteiaktivisten. Nicht aus dem Gedächtnis der Dorfbewohner getilgt waren die Verfolgung und Vernichtung der einstigen jüdischen Mitbürger. Die Synagoge stand trotz ihres verwahrlosten äußeren und inneren Zustands wie ein mahnendes Zeichen für die Willkür und Menschenverachtung der braunen Machthaber .

Als am 25. April 1945 die amerikanischen Truppen von der Donau her in Richtung der Dörfer am Südrand des schwäbisch-bayerischen Hügellandes vorrückten, trafen sie auf erbitterten Widerstand sich langsam zurückziehender deutscher Kampfeinheiten. Mit der vernichtenden Kampfkraft einer Großmacht setzten die Artilleristen mit ungeheurer Feuerkraft viele der Gehöfte in Höllerers Heimatdorf in Brand. Beim unmittelbaren Einmarsch der Kampfeinheiten in den Ort verloren fliehende deutsche Soldaten und auch Zivilisten ihr Leben durch Granatsplitter oder direkte tödliche Geschosse.

Schon als die ersten Treffer einschlugen, kam gerade in den Häusern der einstigen Brauhemden und glühenden Nazianhänger ein geschäftiges Treiben in Gang. Eilends wurden die Bilder des „Führers" abgehängt und in den Öfen verbrannt. Die Uniformen mit den verräterischen Parteiabzeichen wurden schnell in den Herd geschoben oder wie die weiteren unverkennbaren Embleme im Garten vergraben. Als am Abend das gesamte Dorf in der Hand der Befreier war, wurde von der Militärführung in kürzester Zeit eine verbindliche Verhaltensordnung herausgegeben, Das verhängte nächtliche Ausgehverbot bot manchen Nazisympathisanten noch die Gelegenheit, die verräterischen Reste der Vergangenheit zu entsorgen und sich eine Unschuldsmiene anzutrainieren.

Bei der Entnazifizierung, die die Amerikaner schon am folgenden Tag per öffentlichen Aufruf in die Wege leiteten, spielte der Dorfpfarrer eine tragende Rolle. Wenngleich er während der braunen

Diktatur nicht auf Konfrontation setzte, so bewies er jetzt doch Mut und Zivilcourage, die braunen Rädelsführer an den Pranger zu stellen und die sogenannten „Mitläufer" zu entlasten. Mit Lügen und Selbstverleugnung nahmen sich manche Ortsbürger selbst die Würde, die sie einst ihren jüdischen Mitbürger abgesprochen hatten. Höllerer und der Bürgermeister wurden zum Verhör in die Kreisstadt gebracht, wo ein alliiertes Tribunal die Wahrheit herauszufinden versuchte. Als sich die beiden letztendlich aufgrund einer starken Indizienkette der Wahrheit stellen mussten, wurden sie in ein Internierungslager in der Nähe der Bezirkshauptstadt gebracht, wo sie in den nächsten Monaten Gelegenheit bekamen, ihr Gewissen zu erforschen und über ihr menschenverachtendes Tun nachzudenken. Als gebrochener Mann, kehrte Adolf Höllerer nach fünfmonatiger Lagerhaft zu seiner Frau zurück. Der sehr kühle Empfang sowie das zunehmende Schweigen seiner Gemahlin wurden selbst ihm langsam unheimlich.

Die Tage vergehen für das alternde Ehepaar in monotonem Alltagstrott, begleitet von Selbstzweifeln und sich anbahnender Depression. Nicht selten hegt Höllerer Gedanken an einen Suizid. Der gelernte Zimmermann lebt von Gelegenheitsarbeiten und dem Anbau von Gemüse und Kartoffeln im eigenen Garten. Heizmaterial muss er im Wald in Form von Tannenzapfen und dürren Ästen besorgen.

Mancher Landwirt, der seine Wirtschaftsgebäude neu aufbauen muss, entlohnt seine Dienstleistung mit Milch, Butter und Fleisch aus geheimer Hofschlachtung. Doch die Veränderung der Persönlichkeit seiner Frau macht ihn sehr nachdenklich und schwebt wie ein Damoklesschwert über dem ganzen Familienleben.

Einen Tag nach Heiligabend des Jahres 1946 pocht jemand kurz vor Mitternacht ans Fenster des Schlafzimmers der Frau, denn längst schlafen die Eheleute in getrennten Räumen. Erschreckt fährt Berta Höllerer aus dem Schlaf hoch, zieht sich nach erneutem Klopfen gegen die Fensterscheibe rasch ein Kleidungsstück über und schleicht auf Zehenspitzen in den Nebenraum, der an das Schlafzimmer des Ehemannes angrenzt. Durch einen Vorhangschlitz erspäht sie die Gestalt eines Mannes in einem zerschlissenen Soldatenmantel, den Kopf mit einer Soldatenmütze bedeckt, ein Bündel über die Schulter hängend. Plötzlich erkennt sie die Gestalt, als sich der nächtliche Besucher zur Seite wendet. Nicht in der Lage, irgendeinen Laut von sich geben zu können, stürzt sie zur Haustüre, öffnet und bleibt mit offenem Mund stehen. Der Mann bewegt sich langsam auf sie zu und schließt sie in die Arme. „Mutter, ich bin wieder da, wie wunderbar, dass du noch lebst", flüstert er ihr während der heftigen Umarmung ins Ohr. Die Mutter beginnt heftig zu schluchzen und presst immer wieder dieselben Worte hervor: „Mein Bub, mein Bub, Gott sei Dank, du lebst und bist heil wieder zurück! Lieber Gott, vielen vielen Dank, dass er wieder da ist. Danke, lieber Gott, dass ich das noch erleben darf. Mein Hermann lebt!" Eng umschlungen stehen Mutter und Sohn im Türrahmen, nicht bemerkend, dass mittlerweile auch der Vater in den Hausflur geschlurft kommt und sich verwundert die Augen reibt. Beim Näherkommen erkennt er plötzlich seinen jüngeren Sohn, den die Mutter aber immer noch fest umklammert. Als er versucht, die beiden zu trennen, stößt ihn seine Frau unsanft zur Seite und gibt ihm keine Chance, den Heimgekehrten in die Arme zu schließen. Langsam löst sich Hermann aus der Umklammerung und reicht seinem Vater die Hand. „Grüß Gott, Vater! Du siehst, ich lebe und bin wieder da!" Freudestrahlend blickt ihm dieser entgegen und bekommt ganz feuchte Augen. „Mein Junge, du kannst gar nicht ermessen, wie wir auf dich gewartet haben. Es durfte einfach nicht sein, dass meine beiden Söhne im Feld bleiben." Ganz plötzlich verändert sich die Miene des Heimkehrers, denn erst jetzt ahnt er, dass seinem Bruder etwas Schlimmes zugestoßen sein musste. Stumm deutet der Vater auf das Bild in der Wohnküche. „O mein Gott, was bedeuten die schwarzen Schleifen?" Mit tausend Fragen stürmt Hermann auf seine Eltern ein, was sie vom Schicksal des Bruders erfahren haben. Doch beim Anblick der SS-Rune am Kragenspiegel wird ihm schnell bewusst, dass die Einsätze der Waffen-SS immer Todeskommandos an der Front bedeuteten.

Behäbig stellt er sein Bündel ab, zieht den schweren Militärmantel aus und reibt sich die Hände über dem wärmenden gekachelten Ofen. Während sich Vater und Sohn unterhalten, eilt die Mutter an den Herd, um schnell das Feuer wieder zu entfachen und Wasser aufzusetzen. Für ein festliches Begrüßungsmahl ist der Zeitpunkt nicht passend, aber eine warme Suppe soll dem heimgekehrten Sohn auf angenehme Weise bewusst machen, dass er wieder daheim ist. Hermann setzt sich an seinen angestammten Platz und will gerade zu erzählen beginnen, wie sich seine Heimkehr gestaltete, als der Vater mit drängenden Fragen auf ihn einstürmt und gar nicht erwarten kann, alles über das soldatische Schicksal seines Sohnes zu erfahren. Noch während die Mutter am Herd hantiert, beginnt Hermann seinen Bericht: „Als einer der Letzten bin ich mit einigen ebenso schwer verwundeten Kameraden mit einer alten JU 52 aus dem Kessel bei Stalingrad ausgeflogen worden. Die Maschine musste jedoch, bevor sie polnischen Boden erreichte, notlanden, der Tank war einfach leer und zusätzlichen Treibstoff gab es an der Ostfront für die Flieger längst nicht mehr. Bei Eises-

kälte ist es vier Kameraden und mir nach der Bruch-
landung gelungen, uns in einen von den Deutschen
zerstörten Ort durchzuschlagen, wo wir in einem
verfallenen Haus notdürftig Unterschlupf fanden.
Zwei Leidensgenossen haben wir auf diesem Todes-
marsch verloren. Eine ältere Frau, die im halb zerstörten Nachbarhaus wohnte, beobachte wohl, wie
sich die Schwerverwundeten in dem Haus verbarri-
kadierten. Furchtlos machte sie sich sogleich auf den
Weg, um nach uns zu sehen. Beim Anblick dieser
Frau glaubten wir an eine Erscheinung des Himmels.
Obwohl sie sicherlich durch das zerstörerische Werk
der deutschen Wehrmacht alles verloren hatte, und
sich nur notdürftig versorgen konnte, bedeutete sie
mit ihren Gesten, doch in ihr Haus „umzuziehen".
Der intakte Kamin bedeutete auf jeden Fall, dass wir
nicht mehr frieren mussten, denn bei den Minustem-
peraturen dieses Winters hätten wir in unserem Zustand nicht mehr lange überlebt. Beim Öffnen der
Haustüre schlug uns bereits angenehme Wärme entgegen, auf dem Herd kochte Wasser, daneben lagen
ein paar Kartoffeln und Gemüseknollen.

Unsere Gastgeberin deute mit ausladenden Gesten an, wo wir uns überall niederlassen können. Eif-
rig begann sie, ein warmes Mahl zuzubereiten, während wir unsere Wunden begutachteten. An einen
neuen Verband war zunächst nicht zu denken. Un-

sere größte Angst war der zu befürchtende Wundbrand. Nach der köstlichen Mahlzeit kümmerte sich unsere Retterin um die offenen Wunden. Gekonnt zerriss sie alle noch vorhandenen Bettlaken und legte bei jedem einen neuen Verband an. Die erste Wundauflage tränkte sie mit einer scharf riechenden Flüssigkeit, wohl einem selbst gebrannten Schnaps. Nach drei Tagen, in denen wir unsere Gastgeberin so gut wie irgendwie möglich unterstützten, dröhnte eines Morgens lautes, immer näher kommendes Motorengeräusch. Die Rauchsäule aus dem Kamin war wohl in der flachen Gegend weithin zu sehen. Der Konvoi einer Versorgungseinheit, der auf dem Weg in ein nahe gelegenes Lazarett war, hatte wohl unsere neue Behausung schnell entdeckt. Laute Rufe und ein heftiges Pochen an der Tür ließen uns zunächst erschrecken. Kettenhunde? Feldpolizei? Unsere Gastgeberin nahmen wir zum Schutz in die Mitte. Der Anführer stieß mit einem kräftigen Tritt die Haustüre auf. Die Begleiter hielten ihre Gewehre im Anschlag. Beim Anblick der zerlumpten, heruntergekommenen Gestalten jedoch senkten sie die Waffen und erkundigten sich sofort nach unserem Marschbefehl. Kaum hatte ich zu sprechen begonnen, mischte sich einer der Begleitoffiziere ein. Er erkannte einen unserer verwundeten Kameraden und versicherte dem Hauptmann glaubhaft, dass wir nicht fahnenflüchtig sind, sondern nach der Notlandung wohl hierher verschlagen worden seien. Sofort kümmerten sich die begleitenden Sanitäter um unsere Verwundungen. Dem Befehl, sofort mitzukommen, kamen wir nur zu gerne nach. Mit überschwänglichen Umarmungen verabschiedeten wir uns von unserer Retterin. Mit einiger Überredungskunst gelang es mir, dem Versorgungsgefreiten einige Brotlaibe und ein Stück Käse abzuwerben, um uns gegenüber der Gastgeberin zumindest etwas erkenntlich zu zeigen. Die Fahrt der Transporteinheit zum nahe gelegenen Lazarett gestaltete sich sehr schwierig und unangenehm. Durchgefroren und kräftig durchgeschüttelt erreichten wir nach zwei Stunden halsbrecherischer Fahrt unsere neue Bleibe. Ein ehemaliges großes Gut war zu einem Krankenhaus für die Versorgung der Verwundeten umfunktioniert worden. Markdurchdringende Schreie aus dem OP-Bereich signalisierten uns, dass wohl die notwendigsten Medikamente und Betäubungsmittel fehlten. Ständig kamen neue Verwundetentransporte an. Krankenschwestern und Sanitäter wuselten wie Ameisen über den Hof. Zusammen mit meinen Kameraden wurde ich in einem Abteil für Schwerverwundete untergebracht. Frische Verbände und desinfizierende Substanzen sorgten dafür, dass uns das Schicksal des Wundbrands erspart blieb. Doch in der vierten Nacht bekam ich hohes Fieber und eine schwere Lungenentzündung. Dadurch wurde in eine andere Abteilung verlegt. Nach Wochen erst konnte ich erstmals wieder ins Frei gehen und wollte zuerst meine Kameraden besuchen. Diese waren aber nicht mehr da. Zwei von ihnen hatten doch noch eine schwere Infektion bekommen und verstarben nach einigen Tagen, die anderen waren weiter nach Westen verlegt worden. Unsere Schicksalsgruppe hatte sich aufgelöst. Die Nachrichten von der nahenden Ostfront und der heranrückenden Roten Armee signalisierten zum einen das wohl nahende Ende des schrecklichen Krieges, aber auch die Gefahr einer bevorstehenden Gefangenschaft. Ich war zwar wieder gesundheitlich einigermaßen wiederhergestellt und mein durchschossenes Bein langsam wieder belastbar. Auf keinen Fall aber wollte ich in russische Kriegsgefangenschaft geraten. Doch das war ein frommer Wunsch. Eine Woche später fuhren russische Spähpanzer auf den Hof des Gutes. Die Besatzungsmannschaften sprangen ab und bewegten sich mit dem Gewehr im Anschlag auf das Hauptgebäude zu. Zwei Offiziere suchten den Kontakt mit dem Chefarzt und erkundigten sich nach der Belegung der provisorischen Klinik. Alle gehfähigen Patienten mussten heraustreten und wurden nach vorhergehender Untersuchung auf die nachkommenden Militärlaster verladen. Die Reise führte nach Osten in ein riesiges Gefangenenlager. Unter freiem Himmel biwakierte ich mit Hunderten von Gefangenen mehrere Tage und Nächte in einer riesigen, streng bewachten Umzäunung. Viele Kameraden starben an Erschöpfung und mangelnder hygienischer und medizinischer Versorgung. Ich selbst wurde schließlich mit fünfhundert Mitgefangenen an einen Ort etwa sechshundert Kilometer westlich von Moskau verbracht. Wir wurden in heruntergekommenen Holzbaracken einquartiert. Riesige Abraumhalden, an denen wir beim Transport vorbeikamen, bildeten ein eindeutiges Indiz, dass wir in einem weitläufigen Kohleabbaugebiet gelandet waren. Sofort nach der Ankunft erfolgte die Einteilung in Arbeitstrupps. Täglich mussten wir sechzehn Stunden unter Tage schuften. Es galt, mit Presslufthämmern die Kohleblöcke herausbrechen, zu zerkleinern und mit Loren zu einem unterirdischen Zug zu transportieren. Mein lädiertes Bein machte mir zunehmend Schwierigkeiten, ich hatte immer große Schmerzen. Auch kämpfte ich ständig mit Atemnot. Die Luft unter Tage war stickig und mit Kohlestaub belastet. Schließlich erklärte mich unser Oberaufseher für unbestimmte Zeit als arbeitsunfähig. Mit hohem Fieber lag ich mehrere Wochen auf der Krankenstation. Der behandelnde ehemalige Stabsarzt war rührend um meine Genesung besorgt. Mehrmals deutete er den russischen Wachsoldaten an, dass ich unmöglich schon wieder zurück in den Berg könne. Vor sieben Wochen bekam ich ganz überraschend meinen Entlassungsschein. Mit einem zusammengestellten Gefangenentransportzug wurde ich zusammen mit mehreren Leidensgenossen nach Westen verbracht. Schließlich landete ich auf abenteuerlichen Umwegen im Aufnahmelager „Friedland". Nach Ankunft und Registrierung fuhr ich zusammen mit zwei Kameraden, die aus der Region München stammten, mit der Bahn über Nürnberg nach Augsburg. Ein Fuhrunternehmer hat mich von Augsburg bis zur Kreisstadt mitgenommen. Nun bin ich hier."

Atemlose Stille herrscht im Raum. Mit bleichen Gesichtern hören die Eltern die Schilderung der am Ende glücklichen Heimkehr. „Bub, jetzt zählt nur noch, dass du lebst! Wir haben uns von einer Ideologie blenden lassen und sind Idolen hinterher gelaufen, denen wir blind geglaubt haben. Aber wir sind belogen und betrogen worden und haben einen sehr hohen Preis bezahlt. Meine persönliche Schuld kann wohl nie gesühnt werden." Der einst stolze Ortgruppenleiter sitzt da wie ein Häufchen Elend, aber dankbar dafür, dass einer seiner Söhne das Grauen überlebt hat. Ohne seine Frau zu beachten begibt er sich wieder auf sein Nachtlager. Im unruhigen Schlaf wird er wie immer von bösen Alpträumen verfolgt. Der Sohn genießt die warme Suppe, die die Mutter mit aller Liebe zubereitet hat. Die ganze Nacht hindurch erzählt er ihr noch viele Begebenheiten, die er an der Front und auf seiner langen Heimkehr erlebte. Andächtig hört ihm die Mutter zu, bis sie vor Erschöpfung am Tisch einnickt. Der Sohn legt eine wärmende Decke um ihre schmalen Schultern und flüstert ihr einen Gutenachtgruß ins Ohr: „Ab jetzt bin ich dein Beschützer."

Ihm ist in der kurzen Zeit der Wiederbegegnung klar geworden, dass für seinen Vater der Weg zurück in ein bürgerliches Leben wohl sehr mühsam, wenn nicht unmöglich sein würde. Schwer lastende Schuldgefühle haben seine Schultern und auch seine Persönlichkeit gebeugt.

*

Personen der Handlung:

Familie Höllerer:
Adolf, Ortsgruppenleiter
Berta, seine Frau
Hermann und Heinrich, Söhne

Familie Feigenbaum:
Isaak, Pferdehändler
Esther, seine Gemahlin
David und Arthur, Söhne

Jakob Rosenzweig:
Viehhändler, Nachbar Feigenbaums

Familie Gutensohn:
Anna und Theodor, Eheleute
Sarah, Tochter

Familie Leiter:
Emma und Ludwig, Eheleute
Aaron, Sohn

Familie Hainsfurter:
Hedwig und Israel, Eheleute
Joseph, Sohn
Miriam, Tochter

Jakob:
Bruder des Rabbiners
ehemaliger KZ-Häftling

Nathan Baldauf:
Geschäftsinhaber
Synagogengehilfe
KZ-Häftling

Familie Weiß:
Hugo, Besitzer einer Wäschefabrik, KZ-Häftling
Eliza, geb. Müller, Ehefrau
Johann und Susanna Müller, Elizas Eltern

Simon Goldschmid alias Goldsmith:
Command Sergeant Major bei einer amerikanischen Panzereinheit

Familie Dreibein:
Ludwig, von den Amerikanern eingesetzter Ober-
bürgermeister der Stadt Augsburg
Emma, seine Ehefrau

Zeitfracht Medien GmbH
Ferdinand-Jühlke-Straße 7
99095 Erfurt, Deutschland
produktsicherheit@kolibri360.de